GÜNTER DE BRUYN

DIE NEUE UNDINE

Günter de Bruyn

Die neue Undine

Ein Märchen, nacherzählt dem verehrten
Herrn Baron Friedrich de la Motte Fouqué
auf Schloss Nennhausen im Havelland

Mit Illustrationen
von Jörg Hülsmann

S. FISCHER

Aus Verantwortung für die Umwelt hat sich der S. Fischer Verlag zu einer nachhaltigen Buchproduktion verpflichtet. Der bewusste Umgang mit unseren Ressourcen, der Schutz unseres Klimas und der Natur gehören zu unseren obersten Unternehmenszielen.

Gemeinsam mit unseren Partnern und Lieferanten setzen wir uns für eine klimaneutrale Buchproduktion ein, die den Erwerb von Klimazertifikaten zur Kompensation des CO_2-Ausstoßes einschließt.

Weitere Informationen finden Sie unter:
www.klimaneutralerverlag.de

FSC
www.fsc.org
MIX
Papier aus verantwortungsvollen Quellen
FSC® C013736

Erschienen bei S. FISCHER

Hedderichstr. 114, D-60596 Frankfurt am Main

Satz: Dörlemann Satz, Lemförde
Druck und Bindung: Eberl & Kœsel FinePrints
Printed in Germany
ISBN 978-3-10-397041-8

Inhalt

1

Vor vielen Jahrhunderten, als die Ritter noch ihre Burgen bewohnten, die Städte nachts ihre Tore schlossen und die Erd-, Wald- und Wassergeister noch nicht vertrieben worden waren, lebte an dem von Wäldern umgebenen Strele-See in der Niederlausitz der arme Fischer Albrecht mit seiner Frau Bertha und einer kleinen Tochter, die Bertalda hieß. Sein Haus stand einsam auf Strelenwerder, einer in den See hineinragenden Landzunge, zu der sich selten ein Fremder verirrte, weil der Wald, der keine Wege und Stege, wohl aber tiefe Sümpfe, reißende Bäche und böse Geister hatte, voller Gefahren war. Manch Ritter oder Wanderer, der ihn hatte erkunden wollen, war nach langem Umherirren in ihm umgekommen. Der arme Fischer aber, der ihn häufig durchquerte, um auf dem Markt der Stadt seine Fische feilzubieten, wurde von keinem Sumpf aufgehalten und von keinem Waldgeist behelligt, weil er so gottesfürchtig und menschenfreundlich war.

An einem Vorfrühlingstage, als die schon wärmenden Sonnenstrahlen die letzten Eisschollen des Sees geschmolzen hatten, saß Fischer Albrecht auf der Wiese vor seinem Hüttchen, flickte seine zum Trocknen aufgespannten Netze und blickte dann und wann mit glücklichem Lächeln zur kleinen Bertalda hinüber, die erst am

Waldrand nach ersten Veilchen und Anemonen gesucht hatte und nun am Ufer mit ihren Puppen beschäftigt war.

Der Fischer war schon in halber Nacht, als Mutter und Tochter noch schliefen, in seinem Kahn hinausgerudert, um die Netze zu leeren, und er hatte einen erfreulich reichen Fang heimgebracht. Mehr noch als dieser erfreute ihn aber der Anblick seiner sechsjährigen Tochter, die er nach Art vieler Väter für das schönste aller Mädchen hielt. Mit ihren dichten schwarzbraunen Haaren, die sie zu zwei Zöpfen geflochten hatte, war sie aber wirklich wunderschön.

Sie hatte ihren Puppen aus Laub und Gräsern am Seeufer ein weiches Lager bereitet, doch als sie sie gerade mit »Eiapopeia« in den Schlaf singen wollte, war vom See her die Melodie dieses Wiegenliedes zu hören, es klang, als würde tief unter dem Wasserspiegel eine Harfe gespielt. Statt ihr Lied anzustimmen, lauschte Bertalda nun den lieblichen Tönen, und da diese mit den Wellen, die ein plötzlich auffrischender Wind verursacht hatte, immer näher zu kommen schienen, beugte sie sich, um die Musikanten im Wasser entdecken zu können, weit über die Uferböschung, wo sich ihr in der Tiefe der verlockende Anblick herrlicher Paläste bot. So stark war diese Verlockung, dass sie von ihr in die Tiefe gerissen wurde. Als der Fischer eines heraufziehenden Unwetters wegen seine Arbeit beendete und die Tochter ins Haus holen wollte, war von ihr nichts mehr zu sehen.

Wenig später, als die Mutter ihre Lieben zum Mittagessen bitten wollte, fuhr ihr der Schreck durch alle Glieder, als sie ihren Mann erblickte, der aufgeregt das Ufer absuchte und immer wieder, mal in diese, mal in jene Himmelsrichtung, Bertaldas Namen rief. Am Spielplatz Bertaldas hatte er außer den Puppen, die er ihr aus Stroh und Binsen geflochten und mit Augen von Knöpfen versehen hatte, nicht die geringste Spur des Mädchens entdecken können. Der See, der von den einsetzenden Stürmen mehr und mehr aufgewühlt wurde, musste sie verschlungen haben. Aber auch ihre Leiche fand der verzweifelte Vater nicht.

Erst als das Unwetter mit Hagelschlägen und Regengüssen und Blitz und Donner über das Fischerhaus raste, im Walde Bäume entwurzelte und der Spreefluss, der nahe der Landzunge in den See einmündete, das gefürchtete Hochwasser brachte, gaben die Eltern das Suchen und Rufen auf. Sie saßen weinend im Halbdunkel ihrer Hütte, und während sich ihre von Schluchzen begleiteten Gebete mit dem Heulen des Sturms mischten, glaubte die Mutter immer wieder, Kindergeschrei von draußen zu hören, aber wenn sie die Türe zu öffnen wagte, sah sie, dass sie vom Plätschern des andringenden Hochwassers genarrt worden war.

Angsteinflößend waren auch die von den Sturmböen gegen die Fensterscheiben gedrückten Regengüsse, die sich zu seltsam verzerrten Gesichtern formten, bald aber wieder in sich verflossen, so dass man sich getäuscht zu haben glaubte, bis dann beim nächsten Windstoß eine noch widerlichere Fratze in die Stube zu starren schien.

Am Abend, als das Halbdunkel, in dem die trauernden Eltern den Tag verbracht hatten, zur Finsternis wurde und der Sturm sich legte, flossen die Tränen der Mutter noch immer, der Fischer aber entzündete eine Fackel, ging hinaus in den leichten Regen und suchte an der Spitze der Landzunge noch einmal vergeblich das Ufer ab. Nur Laub und Äste waren angeschwemmt worden, der Kahn war vollgelaufen, aber noch angebunden, hinter dem Hause aber, wo bis zum Waldrand hin Büsche und halbhohe Bäume wuchsen, war das Land vom Hochwasser überflutet worden, so dass die Halbinsel zur Insel geworden war.

Obwohl das Licht der Fackel nur wenige Meter weit reichte, glaubte der Fischer, inmitten der von Wellen bewegten Wasserwüste etwas Weißes erblicken zu können, das sekundenlang auftauchte und dann wieder verschwand. Da Bertalda ein weißes

Schürzchen getragen hatte, zögerte der Fischer nicht lange. Die Fackel hochhaltend, watete er in die dunklen Fluten, die tiefer und wilder wurden, je näher er dem Waldrand kam. Als ihm das Wasser bis zur Hüfte reichte und er sich durch das Astgewirr entwurzelter Bäume kämpfen musste, wurde die Fackel durch aufspringende Wellen gelöscht. Im Finstern tastete er sich zum Hause zurück.

Kaum hatte er, völlig durchnässt, die Stube betreten, die Öllampe entzündet und die noch immer weinende Frau um das Anheizen des Herdes gebeten, damit er sich trocknen und wärmen könne, wurde ein zaghaftes Klopfen hörbar, das die Eheleute vor Schreck erstarren ließ. Da kein Wanderer zu dieser nächtlichen Stunde das zur Insel gewordene Gehöft erreicht haben konnte, musste es sich um Geister handeln, die Einlass begehrten. Hatte man doch schon während des Unwetters ihre gespenstischen Fratzen am Fenster zu sehen geglaubt.

Die Fischersfrau bekreuzigte sich und begann, ein Vaterunser zu beten, der Fischer aber fragte beherzt, wer denn da Einlass begehre, und als draußen mit zarter Stimme »Bitte, lass mich herein!« gesagt wurde, glaubte er, Bertalda zu hören, doch als er die Tür eilig öffnete, stand nicht seine dunkelhaarige Tochter vor ihm, sondern ein blondes Mädchen von etwa sechs Jahren, das ihm unbekannt war.

Im Gegensatz zu den Fischersleuten, denen die Überraschung die Sprache verschlagen hatte, gab das Kind sich ganz unbefangen, trat, ohne zu zögern, in die ärmliche Stube, grüßte freundlich mit »Guten Abend!« und sah sich neugierig um. Ihr Haar und ihr weißes Seidenkleidchen trieften vor Nässe. Obwohl sie behauptete, nicht zu frieren, ließ sie sich von der Fischersfrau, die sich schnell wieder gefasst hatte, in eine Decke wickeln und an den Herd setzen, in dem das Feuer schon brannte und mehr Licht als die Öllampe gab.

Die Fragen des Fischers, woher sie komme, wie sie heiße und wohin sie wolle, hatten zwar einen Redestrom der Kleinen zur Folge, aber außer ihrem Namen, sie hieß Undine, war daraus nicht viel zu erfahren, weil ihr kindliches Plappern von einem großmächtigen Onkel, der sie aus dem Palast abgeholt und sicher durch wilde Korallenwälder geleitet habe, zu sehr der Nacherzählung eines Kindermärchens glich. Verwunderlich war, dass der Kleinen keinerlei Klagen über das Unwetter oder die Mühsal des Reisens über die Lippen kamen und dass in ihren strahlenden blauen Augen, die während des Erzählens immer wieder zuzufallen drohten, keine Spur einer Träne zu sehen war. Sie schien sich wohlzufühlen in der ärmlichen Behausung. Im Arm der Fischersfrau liegend, entschlummerte sie schließlich, wurde auf Bertaldas verwaistes Lager gebettet und sorgfältig zugedeckt.

Als die Fischersleute später noch am Herdfeuer saßen, den regelmäßigen Atemzügen des fremden Kindes lauschten und voller Trauer an die verlorene Tochter dachten, sagte der Fischer: »Wie ich fürchte, liebe Frau, wird die bösartige Überschwemmung mich lange an der Suche nach den Eltern des Kindes hindern. Es wochenlang durchzufüttern, wird also nötig sein.«

Die Frau aber war anderer Meinung. Sie wollte Undine als Ersatz für die verlorene Bertalda behalten. Der liebe Gott, sagte sie, der ihnen aus unerfindlichen Gründen die Tochter genommen habe, sei so barmherzig gewesen, als Trost ein anderes Kind nach Strelenwerder zu schicken. »Wir sollten ihn«, setzte sie hinzu, »dankbar preisen dafür.«

Wie zur Bestätigung dieser Worte war vom Fenster her ein Geräusch wie von Wasserrauschen zu hören, das die Eheleute aufblicken ließ. Obwohl das Unwetter sich schon lange beruhigt hatte, war eine von Gischt gekrönte Welle an die Scheibe gesprungen und hatte im Abfließen ein lächelndes Antlitz mit weißgrauen Haaren sichtbar gemacht.

2

Zehn Jahre waren seit Undines Ankunft beim Fischer Albrecht vergangen, als an einem sonnigen Sommermorgen ein junger Ritter die Burg seiner Väter verließ. Sein Ziel war die Stadt hinter dem Walde, von deren Bürgern er wenig später bewundert werden konnte, als er in silberglänzender Rüstung auf seinem feurigen Rappen durch die Straßen ritt. Da der Kurfürst die Stadt mit einem Besuch beehrte, wurde ein Fest gefeiert, dessen Höhepunkt ein Ritterturnier sein sollte, zu dem auch er, der achtzehnjährige Jobst von Strele, den man erst kürzlich zum Ritter geschlagen hatte, geladen war.

Zum Festplatz bestimmt worden war eine vor den Toren der Stadt liegende Wiese, auf der man eine Empore errichtet hatte, von der aus die Ehrengäste und Honoratioren die Darbietungen sitzend verfolgen konnten. Das Stadtvolk musste an den Längsseiten des Platzes hinter Barrieren stehen.

Auf einen Wink des Kurfürsten wurden die Spiele mit Fanfarenklängen und dem Einzug der Ritter eröffnet, es folgten Übungen mit Schwertern und Lanzen und dann die von allen erwarteten Zweikämpfe, in denen die Ritter mit gefällten Lanzen aufeinander zuritten und den Gegner vom Pferde zu stoßen versuchten, wobei dann manche Lanze zersplitterte und mancher Reiter Knochenbrüche erlitt. In allen Kämpfen aber blieb der Ritter von Strele Sieger. Er war der Jüngste und zugleich der Kühnste von allen. Er wurde am meisten bejubelt und am Ende von der Kurfürstin mit dem Siegeslorbeer geehrt.

Unter den Damen, die auf der Empore saßen, war dem Ritter schon während der Zweikämpfe ein sechzehnjähriges schönes Fräulein mit schwarzbraunen Zöpfen aufgefallen, das Bertalda gerufen wurde und die Pflegetochter des Stadtkommandanten war. Die rote Rose, die sie ihm bei der Siegerehrung zugeworfen hatte, zierte noch den Kragen seines Festgewandes, als er sie am Abend im Hause des Stadtkommandanten wiedersah. Da ruhten dann des Fräuleins und des Ritters Blicke mehrmals ineinander, als man sich beim Festmahl gegenübersaß. Erst später, beim Tanze, wagte es der Ritter, seine Zuneigung auch in Worte zu fassen und das Fräulein um ein Haar aus ihrem Zopfe zu bitten, doch wurde ihm das nicht gewährt. Er bekam vielmehr zu hören, dass das Mädchen solche Heimlichkeiten ohne Einwilligung ihres Pflegevaters nicht verabreden könne, sie gebe ihm in den nächsten Tagen Bescheid.

Zwei Tage später wurde der Ritter in das Palais des Stadtkommandanten gebeten, wo dieser ihm erklärte, er könne ihm seine Pflegetochter nur anvertrauen, wenn er der Stadt einen Dienst erweise. Er solle die als verwunschen geltenden Wälder am Strele-See, die seine Holzfäller nicht zu betreten wagten, von den in ihnen hausenden bösen Geistern befreien, damit dort Holzeinschlag möglich sei. Falls er dieses Abenteuer wohlbehalten überstehe, habe er nicht nur eine Haarsträhne seiner Pflegetochter, sondern auch diese selbst redlich verdient.

Da der Ritter keine Geisterfurcht kannte, machte er sich gleich auf den Weg. Der Wald, der anfangs noch nichts Unheimliches hatte, empfing ihn mit Vogelgesang und den Düften von Moosen und Pilzen, und da die Sonnenstrahlen, die durch die Wipfel der Eichen und Buchen fielen, ihn fröhlich stimmten, begann er, Lieder zum Preise der göttlichen Schöpfung zu singen, bis es dunkler um ihn wurde, weil die Tannen dichter beieinanderstanden, Unterholz das Reiten behinderte und armstarke Ranken den Weg versperrten, so dass er zu Umwegen genötigt war.

Er hatte sich vorgenommen, den Wald zwischen der Stadt und dem Strelenwerder gradewegs zu durchqueren, merkte aber nach einigen Stunden, als er der dichten Belaubung wegen den Stand der Sonne nicht mehr erkennen konnte, dass er von seiner Richtung abgewichen und im Kreise gelaufen war. Einen morastigen Tümpel, den er schon einmal umritten hatte, sah er nun wieder vor sich liegen, und ein Bach, aus dessen nur leise rieselndem Wasser sein durstiger Rappe getrunken hatte, war beim zweiten Überqueren zu einem reißenden Fluss geworden, in dessen Strudeln Ross und Reiter zu Tode gekommen wären, hätte sie nicht eine unsichtbar bleibende Kraft festgehalten und wohlbehalten ans Ufer gesetzt.

Als der Ritter seinen Schrecken überwunden hatte und seinem Retter danken wollte, erhob sich plötzlich, wie aus dem Nichts kommend, neben ihm die riesenhafte Gestalt eines alten Mannes mit weißgrauen Haaren, der mit gurgelnder Stimme »Beim nächsten Mal wirst du nicht davonkommen!« sagte und sich in eine zerfließende Wassersäule verwandelte, von der eine Sekunde später nur eine Pfütze am Waldboden übrig war.

Zur Verwunderung des Ritters war mit dem Verschwinden des Alten auch das Bachwasser verschwunden. Als er nun trockenen Fußes das Bachbett durchquerte, fiel ihm ein Männlein ins Auge, das unter den vom Wasser freigelegten Wurzeln einer am Ufer wachsenden Fichte saß. Es hatte die Größe eines Kleinkindes, das faltenreiche Gesicht eines Großvaters, und sein Lächeln zeugte von Gutmütigkeit. Mit zarter Stimme, die der Ritter erst verstehen konnte, als er vom Pferd gestiegen war und sich zu ihm heruntergebeugt hatte, gab er sich ihm als sein Erretter zu erkennen, und als der Ritter fragte, woher er die Kraft dazu genommen habe, wurde ihm freundlichen Tons geantwortet: »Statt nach den Geheimnissen der Erdgeister zu forschen, solltet Ihr lieber Eure Reise rasch fortsetzen. Denn nach Sonnenuntergang ist der Nöck wieder hier.«

»Wer bitte ist wo wieder da, lieber Herr?«, fragte der Ritter.

»Der Nöck oder auch Nix, den manche auch Wassermann nennen. Dieser Grobian hat Euch erst in die Irre laufen lassen und dann mit seinen Fluten erschreckt. Danach aber war es vorbei mit seinen Kräften, er musste zurück zum See, um sie zu erneuern. Ihr aber braucht nur dem Bachbett zu folgen, um Euer Ziel zu erreichen. Aber sputen müsst Ihr Euch, denn am Abend ist mit dem Wassermann auch die Flut wieder da.«

Ohne einen Dank abzuwarten, verschwand das Erdmännlein in seinem Wurzelgehäuse, der Ritter aber bestieg seinen Rappen wieder und trabte, das trockne Bachbett als Weg benutzend, eilig davon.

Da sein Pferd jetzt wieder tüchtig ausgreifen konnte, flogen nun die unwegsamen Wildnisse, durch die er sich tagsüber hatte quälen müssen, rechts und links von ihm im Handumdrehen vorbei. Als sich die ersten Anzeichen der Abenddämmerung zeigten, war er schon in die Randzone des Waldes gekommen, wo sich am Boden unter den nicht mehr so dicht stehenden Bäumen schon Wiesengrün zeigte und die Luft feuchter zu werden schien. Während am Himmel über den Wäldern noch das Abendrot glühte, wurde über dem Reiter schon der Abendstern sichtbar, und in der Ferne blinkte der glatte Spiegel des Sees. Der Rappe, dessen Fell schon vom Schweiß glänzte, wurde vom Ritter zu immer schnellerem Galopp angetrieben, doch schien es mit den Kräften des Tieres zu Ende zu gehen.

Die Welle, die vom See her kraftvoll ins Bachbett gedrückt wurde, war mannshoch und schäumend. Mit Windeseile raste sie dem Ritter entgegen, doch als sie ihn zu erfassen drohte, gelang es dem Rappen, im letzten Moment ans hohe Ufer zu springen, wobei der Ritter zwar aus dem Sattel geworfen wurde, wenig später aber wieder wohlbehalten auf den Beinen war. Unter dem Rauschen und Plätschern des nun wieder reißenden Stromes glaubte er eine gurgelnde Stimme »Warte nur, Bursche, wir kriegen dich noch!« sagen zu hören, er aber lachte nur darüber, nahm den braven Rappen beim Zügel und ging, sich gegen den aufkommenden Sturm stemmend, einem Licht entgegen, das in der Abenddämmerung sichtbar geworden war.

Es war das Licht aus der Fischerhütte, das Frau Bertha gerade entzündet und ans Fenster gestellt hatte, weil sie sich um Undine sorgte, die vom Anlegeplatz am Seeufer, wo sie am Nachmittag Netze geflickt hatte, noch nicht nach Hause gekommen war. Das Kind, wie ihre Pflegeeltern die Siebzehnjährige immer noch nannten, war überhaupt selten im Hause zu finden, sie liebte es, sich unter freiem Himmel im Grünen herumzutreiben, am häufigsten an den Ufern des Sees oder der Spree.

Als sie an diesem Abend auf ihrem Heimweg im Halbdunkel nahe der Fischerhütte den Ritter mit seinem Ross erblickte, beschleunigte sie ihre Schritte, um vor ihm am Hause zu sein. Sie erschreckte die auf der Bank am Herd sitzenden Pflegeeltern mit hastigem Türaufreißen und der freudigen Mitteilung, dass endlich wieder einmal ein Gast komme, setzte sich auf einen Schemel und versuchte, ihr Blondhaar zu ordnen, das vom Sturme zerzaust worden war.

Nachdem der Ritter an die Tür geklopft und diese nach Aufforderung geöffnet hatte, musste er einige Sekunden wie festgebannt stehen bleiben, weil er im Halbdunkel der Stube zuerst Undines schönes Gesicht erblickte, das vom offenen Herdfeuer beleuchtet war. Erst als ein Windstoß durch die offene Tür fegte und das Feuer zum Flackern brachte, fand er seine Sprache wieder, trat näher und schloss die Tür.

Ehe er seine Bitte um Unterkunft für eine Nacht äußern konnte, wurde er von der Fischersfrau mit den Worten »Sie werden hungrig sein, junger Herr« schon zum Abendbrot eingeladen, und als der Ritter entgegnete, er müsse erst für sein Tier sorgen, ging der Fischer hinaus, führte das Pferd in den Stall und gab ihm Hafer und Heu.

Erst nach der Mahlzeit, als die Alten sich wieder auf die Herdbank gesetzt hatten und die jungen Leute näher ans Feuer gerückt waren, fing das Fragen und Erzählen an. Als der Ritter beim Schildern seiner Waldabenteuer den Nöck oder Wassermann, der ihn in den reißenden Fluten fast hatte ertrinken lassen, einen Grobian und Bösewicht nannte, bekreuzigte sich Frau Bertha und sagte: »Hier, junger Herr, sagen Sie derartiges besser nicht!« Undine aber, die der Erzählung mit ängstlicher Miene gefolgt war, atmete am glücklichen Ende erleichtert auf und sagte, indem sie dem Ritter näher rückte: »Er wollte dich nicht zu mir kommen lassen, aber dank der guten Erdmännchen ist ihm das nicht geglückt.«

Als der Fischer wissen wollte, was den jungen Herrn zu seinem gefährlichen Ritt veranlasst hatte, und dieser wahrheitsgemäß von der Pflegetochter des Stadtkommandanten und von dessen Forderungen erzählte, war Undine empört darüber, dass das Mädchen, das ihn angeblich liebte, ihn in dieses gefährliche Abenteuer reiten ließ. Der Ritter aber, der ein so schönes und liebenswertes Mädchen wie Undine noch nie gesehen zu haben glaubte, fühlte sich gleich so stark zu ihr hingezogen, dass er seinem Bericht gleich hinzufügen musste, dass sein Interesse an der Kommandantentochter, das sich damals schon rasch vermindert habe, jetzt völlig verschwunden sei.

Undine, die deutlich ihre Zufriedenheit mit dieser Erklärung zeigte, wollte nun von ihm wissen, warum er nur eine Nacht im Fischerhaus bleiben wolle, und als er sagte, dass Pflichten als Burgherr ihn heimwärts zögen, und er ihr diese näher erklären wollte, wurde sie missmutig, unterbrach ihn mit der Bemerkung, sie müsse sehen, ob er morgen gutes Reisewetter haben werde, erhob sich und verließ das Haus.

»Bitte, junger Herr«, sagte Frau Bertha, »nehmen Sie ihr diese Unart nicht übel. Seit Jahren sind wir bestrebt, ihr dergleichen abzugewöhnen, aber es ist alles vergebens. So sehr wir sie auch lieben, müssen wir doch immer wieder fremde Züge an ihr feststellen. Sie ist nämlich nicht unser eignes Kind.«

Während der Sturm, der sich im Laufe des Abends schon etwas gelegt hatte, nun wieder in voller Stärke ums Haus heulte, konnte der Ritter nicht nur erfahren, wie die Fischersleute damals die Tochter verloren und die Pflegetochter gewonnen hatten, sondern auch, wie unzugänglich Undine für alle Erziehungsmaßnahmen war. Sie war lieb zu ihren Pflegeeltern, gehorchte ihnen aber nicht immer. So war es ihr zum Beispiel nicht abzugewöhnen, bei schlechtem Wetter draußen umherzustreifen, sich am See wohler als im Hause zu fühlen und manchmal auch die halbe Nacht wegzubleiben und böse zu werden, wenn man sie schalt. »Trotzdem«, so beendete Frau Bertha ihre Erzählung, »ist sie uns lieb und wert wie eine eigne Tochter, aber irgendetwas in ihrem Wesen bleibt uns wohl immer fremd.«

Als wollte der Himmel die Worte der Fischersfrau bestätigen, begann während des bangen Wartens auf Undines Rückkehr ein starkes Gewitter, in dem die Donnerschläge dicht aufeinanderfolgten und der Sturm Regen und Hagel gegen die Fensterscheiben prasseln ließ. Der Ritter, der mehr als die Fischersleute um Undine bangte, wollte sich schon auf die Suche nach ihr machen, als sie plötzlich, völlig durchnässt, aber lachend, in der Haustür stand und triumphierend sagte: »Das liebe Hochwasser ist wiedergekommen, wir sind wieder zur Insel geworden, die unsern schönen Ritter vorläufig gefangen hält.«

Am nächsten Morgen war der Ritter schon vor Aufgang der Sonne munter, erhob sich von dem Strohlager, das er sich neben dem Rappen bereitet hatte, und sah, aus dem Stall tretend, dass Undine die Wahrheit gesagt hatte: Haus und Stall waren von Wasser umgeben, der See, in dessen glatter Oberfläche sich die aufgehende Sonne spiegelte, hatte sich bis an den Waldrand ausgedehnt.

Der Ritter, der sich mit seiner Gefangenschaft nicht nur leicht abfinden konnte, sondern sich sogar glücklich schätzte, sie erdulden zu dürfen, konnte sich schon bald als Mitglied der kleinen Familie fühlen, denn die Freude über sein Bleiben wurde ihm täglich von allen gezeigt. Obwohl er nur Reiten und Fechten gelernt hatte, war er zu des Fischers Freude bald auch fähig, sich beim Fischfang und im Stall nützlich zu machen, vor allem aber liebten ihn die Eltern, weil Undine seinetwegen so glücklich war. Wie mit ihren Unarten war es auch mit ihren häufig aufgetretenen melancholischen Stimmungen jetzt vorbei. Früher hatte sie oft mit trauriger Miene stundenlang am Seeufer gesessen, jetzt aber war sie von früh bis spät fröhlich, und wenn sie an des Ritters Seite sitzen konnte, war sie geradezu strahlend vor Glück.

Dass die jungen Leute oft verstohlen miteinander kosten und sich küssten, blieb den Alten selbstverständlich nicht verborgen, und wenn sie sich Undine auch etwas schamhafter und zurückhaltender gewünscht hätten, so waren sie doch glücklich mit den Glücklichen und nicht verwundert, dass von des Ritters Heimkehr kaum noch die Rede war.

Erst als sommerliche Temperaturen das Hochwasser beendeten, die Insel also wieder zur Landzunge machten, wurde erneut über die Heimkehr des Ritters geredet und eine Entscheidung über die

Zukunft des jungen Paares gefällt. Auf einer der für die Kontrolle der Netze nötigen Kahnfahrten, bei denen der junge Ritter zu rudern, der alte Fischer zu steuern pflegte, geschah es eines Morgens, als man die heimatliche Bucht fast schon erreicht hatte, dass der Junge die Ruder beiseitelegte und das auf dem Wasser sonst übliche Schweigen brach. In feierlicher Weise, zu der auch gehörte, dass er den Fischer »Herrn Vater« nannte, bat er ihn um die Hand seiner Pflegetochter, und da dieser den Antrag schon lange erwartet und mit Frau Bertha beraten hatte, war auch seine Antwort schon genau überlegt.

»Wie Ihr wohl wisst, werter Herr Ritter«, waren seine wohlüberlegten Worte, »haben wir Euch in diesen Wochen so lieb wie einen eignen Sohn gewonnen, und da wir haben miterleben können, wie froh und glücklich Ihr unsere Pflegetochter durch Eure Liebe habt machen können, erfüllt Ihr uns mit Eurer Absicht, sie zur Frau zu nehmen, einen Herzenswunsch. Weil wir aber auf die Beständigkeit des Glücks unserer Tochter bedacht sein müssen, halten wir es für nötig, an unsere Zustimmung die Bedingung zu knüpfen, dass die Heirat hier im elterlichen Hause erfolgt. Falls es Eure Absicht sein sollte, Undine als Eure Verlobte fortzuführen, um dann die Trauung auf Eurer Burg mit allem standesgemäßen Pomp feiern zu können, kann das von uns nicht gutgeheißen werden, es widerspricht den christlichen Geboten und könnte leicht dazu führen, dass Undine in den Ruf gerät, Euer Kebsweib zu sein.«

Obwohl die Liebenden das heiße Verlangen erfüllte, so schnell wie möglich einander anzugehören, erkannten sie notgedrungen die elterlichen Bedingungen als berechtigt an. Statt sich aber der Trauer darüber hinzugeben, machte der tatkräftige Ritter sich noch am selben Tage auf die Suche nach einem Geistlichen, der bereit war, die Trauung im Fischerhaus zu vollziehen.

Um sich nicht wieder den Gefahren des verwunschenen Waldes auszusetzen, wollte er versuchen, auf dem Wasser zu einem jenseits des Sees gelegenen Kloster zu gelangen, erbat sich vom Fischer also die Erlaubnis, den Kahn zu benutzen, verabschiedete sich zärtlich von Undine und war, da er sich kräftig in die Ruder legte, bald hinter der nächsten Landzunge des buchtenreichen Sees nicht mehr zu sehen.

Der sich meilenweit nach Süden erstreckende Strele-See, von dem nur ein Bruchteil von Fischer Albrecht befischt wurde, war in seiner ganzen Länge von einem ausdauernden Ruderer in einem Tag etwa zu bewältigen, das Kloster aber war noch vier bis fünf Fußstunden vom Südende des Sees entfernt. Der Ritter hatte deshalb zwei Tage für die Hinreise und dieselbe Zeit für die Heimfahrt gerechnet, so dass sich Undine damit hatte abfinden müssen, ihn erst in vier oder gar fünf Tagen wiederzusehen.

Als sie aber am frühen Morgen des zweiten Tages den Rappen des Ritters auf die Weide geführt hatte und auf dem Rückweg hinter der mit Labkraut und wilden Narzissen geschmückten Wiese den sich im See spiegelnden Sonnenaufgang bewunderte, erblickte sie mit freudigem Erstaunen den sich langsam nähernden Kahn. Dass zwei Menschen in ihm saßen, war auch bald zu erkennen, aber viel zu lange musste Undine noch darauf warten, wieder von den Armen des Ritters umfangen zu sein.

Pater Andreas, so nannte sich des Ritters Begleiter, war ein alter Mönch vom Orden der Zisterzienser, der die Braut mit mildem Lächeln begrüßte und nicht verhehlte, dass sie ihm wohl gefiel. Er war einer Bestattung wegen in einem der am See liegenden Dörfer gewesen und auf dem See mit dem Ritter zusammengetroffen, ein Zufall, den er für eine göttliche Fügung hielt. Von einer solchen sprach auch Frau Bertha, die gleich begann, die Fischerstube mit Kruzifix und Heiligenbildern für eine würdige Trauung auszustatten, denn der Geistliche, der schon bald in anderen Dörfern heilige Messen zu feiern und Letzte Ölungen zu spenden hatte, wollte am nächsten Morgen wieder fort.

Zwei Stunden vor der für den Abend angesetzten Trauung wurde der Ritter von Undine gebeten, sie auf einem Spaziergang zu begleiten, der sie bis an das Bachbett führte, in dem der Ritter einst aus dem verwunschenen Walde gekommen war. An seinem Ufer setzten sie sich im Grase nieder, und Undine begann, in seinen Armen ruhend, mit leiser Stimme von ihrer Herkunft zu erzählen, damit, wie sie sagte, ihr Bräutigam seine Heiratsabsicht noch einmal überdenken könne.

Der Ritter, der nun von Kristallpalästen und Korallengärten am Meeresgrund hörte, glaubte anfangs, die Geliebte wolle ihm die Wartestunden bis zur ersehnten Trauung mit dem Erzählen von Märchen verkürzen, bis er dann einsehen musste, dass sie tatsächlich von ihrer Kindheit am Grunde des Baltischen Meeres sprach. Des Fremdartigen wegen, das sich ihm da enthüllte, wurde ihm zeitweilig unheimlich zumute, doch wenn er dann in Undines Augen blickte und aus ihrem Munde vom Wunsch und Willen hörte, sich mit ihm lebenslang zu verbinden, schmolzen alle Vorbehalte vor den Strahlen seiner Liebe zu ihr dahin. Standesrücksichten hatte er sowieso schon in den Wind geschlagen, als er die schöne Fischerstochter hatte heiraten wollen, jetzt, da diese sich in ein nicht weniger schönes Meeresfräulein verwandelt hatte, musste die Liebe doch ebenfalls siegreich sein.

Eigentlich, so konnte er nun von der geliebten Frau hören, waren die Wassergeister zwar befähigt, jede Gestalt, auch die menschliche, anzunehmen, aber da ihnen die Seele fehlte, konnten sie keine Liebe empfinden, deren Wonnen so wenig wie deren Schmerz. Die kleine Undine aber, die als Tochter eines Wasserfürsten in dessen kalten Palästen ihre ersten Jahre verbracht hatte, war von ihrer klugen Amme, die auch die Menschenwelt kannte, durch Lieder, Gedichte, Märchen und Geschichten mit den Liebesfreuden und -leiden der Menschen so vertraut gemacht worden, dass sie vor Sehnsucht danach erkrankte, bis ihr Vater ihr erlaubte, unter Aufsicht ihres Onkels den Wechsel in die Menschenwelt zu vollziehen. Dieser etwas kauzige Onkel, der als Eigenbrötler im Strele-See lebte und zu seinem Ärger Nöck oder Nix genannt wurde, war als ihr Beschützer auch verpflichtet, mit aller Strenge die für Wassergeister geltenden Gesetze zu überwachen, von denen eines zum Schutze der weiblichen Würde erlassen worden war. In diesem Gesetz wird verordnet, dass der Menschenmann, mit dem sich eine Wasserjungfrau in Liebe verbunden habe, ihre weibliche Würde niemals verletzen dürfe. Wenn er es in bösen Worten tue, müsse sie ihn verlassen, sie müsse ihn aber töten, wenn er ihr untreu geworden sei.

»Wenn du mich heiratest, begibst du dich also in Todesgefahr«, sagte Undine, der dabei Tränen in die Augen traten. »Wenn du mich aber deshalb verließest, bräche mir das Herz.«

»Niemals wird das geschehen, weil meine Liebe zu dir nie enden wird!«, rief der Ritter, indem er sie innig umarmte. »Bei Verlust deiner Liebe würde ich sowieso sterben. Die Todesandrohung ist also kein Schrecken für mich.«

Hand in Hand eilten die Liebenden nun zum Fischerhause zurück. In der mit Blumen und Kerzen geschmückten Stube versprachen sie, einander zu lieben und zu achten, bis dass der Tod sie scheide, und Pater Andreas erklärte sie nach den erforderlichen Gebeten vor Gott und den Menschen zu Mann und Frau. Die Fischersleute weinten, ohne genau zu wissen, ob das Glück ihrer Pflegetochter sie so rührte oder der kommende Abschied von ihr. Auch bei Undine flossen die Tränen, aber dann lachte sie auch wieder, als sie zum Erstaunen aller Anwesenden die zu einer richtigen Hochzeit gehörenden goldenen Ringe plötzlich zur Hand hatte und sie ein Geschenk ihres Vaters nannte. Er hatte sie in das seidene Kinderkleidchen einnähen lassen, in dem sie beim Fischer angekommen war.

Bald nach dem Abendessen, das Frau Bertha mit ihren geringen Mitteln ein wenig festlich zu gestalten versucht hatte, verabschiedete sich das junge Paar von den Alten, um in der Kammer, die immer als Kinderschlafzimmer gedient hatte, die Hochzeitsnacht zu begehen. Das Glück, das sie aneinander fanden, wurde durch Worte und Liebkosungen wieder und wieder beschworen, und erst als schon die Sterne verblassten, schliefen sie ein.

Als der Ritter am nächsten Morgen erwachte und noch schlaftrunken nach der neben ihm schlummernden Geliebten fasste, musste er feststellen, dass er allein in der Kammer lag. Der in ihm aufzuckende Gedanke, einem Spuk erlegen zu sein und das Glück der Nacht nur geträumt zu haben, war, kaum gedacht, auch schon wieder vergangen, weil die an sein Lager getretene Undine ihm unter Küssen anvertraute, bei Sonnenaufgang am Seeufer gewesen zu sein. Sie habe doch ihren Onkel, den Nöck, bitten müssen, die heutige Reise zur Strele-Burg nicht zu behindern, und da er darauf bedacht sei, sie glücklich zu wissen, habe er zugesagt.

Des kommenden Abschieds wegen verlief das Frühstück recht einsilbig, nur der Pater gab dem Ehepaar noch fromme Lebensregeln auf den Weg. Der Tag schien so klar und windstill wie der vorige zu werden. Der spiegelglatte See gab das Blau des Himmels wieder, und in der Stille, die ringsum herrschte, war neben dem Schluchzen Frau Berthas nur das freudige Wiehern des Rappen zu hören, der schon gesattelt und gezäumt vor der Fischerhütte stand. Nachdem der Pater das junge Paar noch einmal gesegnet hatte, hob der Ritter seine Frau in den Sattel und machte sich, den Rappen am Zügel führend, auf den beschwerlichen Weg.

Als der Fischer, der den Pater wenig später zu einem der Seedörfer ruderte, noch einmal zu den scheidenden Kindern zurückblickte, waren die beiden schon in den Wäldern verschwunden. Sich eine Träne aus den Augen wischend, sagte er: »Ich wüsste gern, lieber Pater, ob ein Glück, das einen weinen macht, ein gutes Ende nehmen kann.«

3

Wie zu erwarten hatte der Wald für die Liebenden alle Schrecken verloren. Die Sümpfe waren begehbar geworden, der einst so reißende Bach hatte sich in ein ruhig fließendes Rinnsal verwandelt, und das Halbdunkel unter dem Blätterdach wurde immer wieder durch Sonnenstrahlen erhellt. Von den Geistern zeigten sich nur die friedlichen Erdmännchen. Als der Rappe seinen Durst mit Bachwasser stillte, saßen sie in ihren roten Röcken am Ufer und winkten der schönen Braut des Ritters freundliche Grüße zu.

Der Ritter, der den Rappen bisher immer am Zügel geführt hatte, stieg, als sie den Wald hinter sich hatten, mit in den Sattel und trabte, die geliebte Frau sanft im Arm haltend, im milden Licht der untergehenden Sonne auf die Stadt zu. Da eine Geländewelle den Blick auf die Häuser noch verwehrte, wurde erst nur der mächtige Turm der Marienkirche sichtbar und fern hinter diesem die von einem Bergfried gekrönten Festungsmauern der Burg.

Von der Torwache ausgehend, verbreitete sich die Nachricht von der Heimkehr des Ritters in Blitzesschnelle, und da man seinen vermuteten Tod sehr betrauert hatte, wurde er jetzt auf Straßen und Plätzen mit Freudenrufen begrüßt. Die fremde Frau, die er aus dem Walde mitgebracht hatte, wurde ihrer Schönheit wegen sehr bewundert, und da man annehmen konnte, dass der Ritter eine Hochgeborene geheiratet hatte, machten die in der Stadt umlaufenden Gerüchte eine verwunschen gewesene und vom Ritter erlöste Prinzessin aus ihr.

Am Palais des Stadtkommandanten glaubte der Ritter im Vorüberreiten das Gesicht Bertaldas sehen zu können, ließ sich davon aber nicht aufhalten, sondern ritt, um die von der langen Reise erschöpfte Undine auf der Burg zur Ruhe kommen zu lassen, bald zum anderen Tore wieder aus der Stadt hinaus.

Wenig später ragten schon die mächtigen Mauern der Strele-Burg vor ihnen auf. Da man die Festung auf einer Insel des Spreeflusses errichtet hatte, war sie nur auf einer Brücke zu erreichen, deren Beschlag aus Bohlen und Brettern unter den Hufschlägen des Rappen zu beben schien. Auf Anweisung des Turmwächters, der die Ankunft des Ritters beobachtet hatte, war das Tor in der Festungsmauer bereits geöffnet worden, und der Ritter konnte bis in den Burghof reiten, wo sich alle in seinem Dienste stehenden Frauen und Männer neben dem Brunnen versammelt hatten und ihn hochleben ließen, bis er, nachdem er um Ruhe gebeten hatte, Gott für seine glückliche Heimkehr dankte und seine Eheliebste als Burgherrin vorstellte, was die Menge erneut zum Jubeln brachte, bis dann Undine sich anschickte, ein paar Worte zu sagen, und es so still wurde auf dem Burghof, dass selbst die Dohlen, die im Bergfried ihre Nester hatten, ihr Krächzen unterließen und auch die auf dem Dachfirst sitzende Spatzenschar, die sonst ständig lärmte, in Schweigen verfiel. Undine, deren Freundlichkeit die versammelten Leute vielleicht noch mehr als ihre Schönheit berückte, versprach ihnen, sich als milde und gerechte Herrin zu erweisen, und bat dann auch noch, ihr mögliche Fehler, die ihr ihrer Jugend und Unerfahrenheit wegen unterlaufen könnten, zu verzeihen.

Die Leute waren so gerührt von ihren Worten, dass sie das gewöhnliche Beifallklatschen vergaßen, schweigend an ihre Arbeit gingen und sich oft noch gegenseitig versicherten, wie glücklich die Brautwahl des Ritters ausgefallen war.

Am nächsten Tag wurden der Ritter und seine Gemahlin zum Stadtkommandanten gerufen, der dem tapferen Erkunder des verwunschenen Waldes einen Orden verlieh. Da man auch hier dem Gerücht glaubte, Undine sei eine Prinzessin aus fremden Landen, kam man ihr mit der gebührenden Hochachtung entgegen und begnügte sich mit der Erklärung des Ritters, über die Herkunft seiner Gemahlin zu reden, verbiete ihm ein Schweigegebot.

Am festlichen Mahl, das der Ordensverleihung folgte, war auch die Pflegetochter des Hausherrn, Bertalda, beteiligt, von der die ganze Stadt wusste, dass sie seit Monaten schon nicht mehr hatte lachen können, weil ihr das Verschwinden des Ritters von Strele so nahegegangen war. Dass ihr Vater den Mann, den sie aufrichtig geliebt hatte, ihretwegen in die Gefahren des Waldes geschickt hatte, war von ihr sehr verwünscht worden, und tieftraurig wie eine Witwe war sie gewesen, als der Ritter aus dem gefährlichen Walde nicht zurückgekommen war. Alle Männer, die sich inzwischen um ihre Hand beworben hatten, waren von ihr abgewiesen worden, weil sie die Hoffnung nicht hatte aufgeben können, den Geliebten doch lebend wiederzusehen. Und nun war er tatsächlich gekommen, hatte aber eine Frau an seiner Seite, von der sie, aller Eifersucht zum Trotz, feststellen musste, dass sie nicht weniger klug und schön war als sie selbst. Auch war ihr Undine nicht unsympathisch, hatte aber etwas Dunkel-Geheimnisvolles an sich, das ihren lieblichen Gesichtszügen und ihrem blonden Haar widersprach.

Undine dagegen konnte Bertalda nicht nur gut leiden, sie hatte vielmehr den Eindruck, ihr schon einmal begegnet zu sein. »Sie kommen mir so bekannt vor, liebe Bertalda«, sagte sie bei der Begrüßung. »Sollten wir einander nicht vielleicht schon irgendwo begegnet sein?« Das aber hielt Bertalda für ausgeschlossen, weil sie die Stadt noch nie verlassen hatte, seit sie als Waisenkind am Ufer der Spree aufgefunden worden war.

Ausführlicher wurde darüber bei diesem Besuch dann nicht mehr geredet, Undine aber, die noch lange über diese Begegnung hatte nachdenken müssen, sagte am Abend, als die Liebenden am Kaminfeuer saßen und über die Erlebnisse des Tages sprachen, sie wisse inzwischen, warum sie Bertalda sofort ins Herz geschlossen habe: »Ich habe«, sagte sie, »in ihren Gesichtszügen starke Ähnlichkeit mit meiner lieben Pflegemutter, Frau Bertha, entdeckt.«

In dieser Nacht geschah es, dass der Ritter zu mitternächtlicher Stunde aus einem bösen Traum erwachte und Undine, die er am Abend noch lange geherzt und geküsst hatte, nicht mehr an seiner Seite fand. Erschreckt lauschte er in die nächtliche Stille, doch als er nur die Schreie des Käuzchens hörte, das seit jeher im Bergfried nistete, erhob er sich von seinem Lager, entzündete eine Kerze und suchte die Vermisste vergeblich in allen Gemächern, bis er sie bei einem Blick aus dem Fenster auf dem vom Vollmond bestrahlten Burghof sah. Auf dem Brunnenrand sitzend, sprach sie mit einem nur halb aus dem Wasser ragenden Wesen, das weißhaarig und weißbärtig war. Wie die Bewegungen ihrer Hände verrieten, schien sie den Wassermann um etwas zu bitten, was dieser ihr wohl auch gewährte, denn bevor er wieder untertauchte, nickte er mehrmals mit seinem struppigen Kopf.

Weil Undine sich mit ihrer Verwandtschaft heimlich getroffen hatte, wurden die Liebesgefühle des Ritters zum ersten Mal durch ein Misstrauen vergiftet, das aber schnell wieder unwirksam wurde, als Undine auf ihr Lager zurückkehrte und dem Ritter sofort erzählte, wie es zu ihrer Begegnung am Brunnen gekommen war. Bertaldas Ähnlichkeit mit der Fischersfrau, sagte sie, habe ihr keine Ruhe gelassen, sie habe ihren Onkel danach fragen müssen, und dieser habe dann auf ihr Drängen auch zugegeben, dass er die Kindesvertauschung vor zehn Jahren ausgeführt habe. Ihre seelenlose Verwandtschaft, sagte Undine abschließend, habe also große Schuld auf sich geladen, diese wiedergutzumachen, den Eltern also ihre Tochter wiederzugeben, sei verpflichtend für sie.

4

Bertaldas Geburtstag, den ihre Pflegeeltern immer mit viel Prunk feierten, fiel auf einen sonnigen Sonntag des lieblichen Monats Mai. In den Gärten der Stadt blühten die Apfelbäume, doch hatten die wärmenden Sonnenstrahlen auch Fliederbüsche schon ihre duftende Pracht entfalten lassen, und die Bürger, die aus ihren engen Stuben ins Freie drängten, hatten ihren sommerlichen Sonntagsstaat angelegt. Der hinter dem Palais des Stadtkommandanten gelegene Garten war bunt von Blumen und von festlich gekleideten Menschen, und auch die lange Tafel, an deren Stirnseite, dem Hausherrn gegenüber, das Geburtstagskind sitzen durfte, war mit Blumen geschmückt. Aus den umliegenden Dörfern und Städtchen war der gesamte Adel geladen worden, darunter mehrere junge Herren, die Bertalda nicht nur ihrer Schönheit wegen gern geheiratet hätten, sondern auch weil sie, wie man wusste, von ihren kinderlosen Pflegeeltern zur Erbin des reichen Vermögens bestimmt worden war.

Wie glücklich sich Bertalda als Mittelpunkt der vornehmen Gesellschaft fühlte, war ihr ins Gesicht geschrieben, ihr strahlendes Lächeln schien die Schönheit ihrer Gesichtszüge und die Anmut ihrer schlanken Gestalt noch zu erhöhen. Mehr als die vielen Geschenke, die im Gartensaal zwei große Tische füllten, genoss sie die Bewunderung, die ihr von Jung und Alt gezollt wurde und die auch in den Augen des Ritters von Strele zu lesen war. Hinzu kam noch die Erwartung einer großen Überraschung, die ihr von Undine für die Stunde nach dem Festmahl angekündigt worden war. Da das Mahl aber viele Gänge und durch Trinksprüche ausgefüllte Pausen hatte, musste sie noch lange warten, ehe die Gesellschaft nach dem Dessert von Undine aufgefordert wurde, noch ein Weilchen sitzen zu bleiben, um miterleben zu können, dass dem Geburtstagskind, dem bekanntlich ein böses Geschick im zarten Alter von sechs Jahren die fürsorgliche Liebe von Mutter und Vater geraubt hatte, diese nun als größtes aller nur denkbaren Geschenke wieder zurückgegeben werde.

»Liebste Freundin«, sagte sie zu Bertalda, »ich habe die große Freude, dich deinen wahren Eltern, die zehn Jahre um dich haben weinen müssen, wieder in die Arme zu legen.«

Mit diesen Worten führte sie den Fischer Albrecht und seine Frau Bertha, die sich hinter einem Rosenspalier verborgen hatten, der Festtafel näher, wo sie sich in ihrer ärmlichen Kleidung sehr fremd ausnahmen und aus Schüchternheit auch kein Wort über die Lippen brachten, bis die ebenfalls in Schweigen erstarrte Gesellschaft durch den Ausruf des Ritters von Strele: »Welch himmlische Fügung!«, in Bewegung kam. Während die einen applaudierten, andere Tränen der Rührung vergossen und wieder andere den Auftritt der armen Leute nur peinlich fanden, sprang Bertalda mit einem Schreckensschrei auf und sagte mit böser Miene zu Undine: »Dieses Bauernweib soll meine Mutter sein? Das ist eine Lüge, die ich dir nie und nimmer glauben werde. Mit diesen armen Leuten habe ich nichts gemein.«

Undine, die mit ihrer Entdeckung doch nur Freude hatte machen wollen, sah sie fassungslos an und rang nach Worten, während Bertalda, mit dem Finger auf sie weisend, zu der Tischgesellschaft sagte: »Zu dieser Lüge hat sie die Eifersucht getrieben. Sie will mich erniedrigen, indem sie mir eine niedere Herkunft andichtet, vielleicht auch weil sie selbst nicht standesgemäß ist.«

Da dieser Zornesausbruch Bertaldas von allen als unwürdig empfunden wurde, entstand ein peinliches Schweigen, in das hinein die Fischersfrau mit fester Stimme sagte: »Ich hoffe sehr, dass diese adelsstolze Dame meine Tochter nicht ist. Um aber die Wahrheit erkennen zu können, müsste die Dame mir einen Blick in ihren Nacken gestatten, wo bei meiner Tochter nämlich unter dem Haaransatz ein kleines birnenförmiges Muttermal zu sehen ist.«

Stocksteif stand Bertalda, als Frau Bertha, hinter ihr stehend, mit ihren groben Händen die seidene Bluse etwas lüftete, nach einem Blick in den Nacken mit dem Kopfe nickte und leise sagte: »Gott im Himmel, sie ist es!«, und sich dann abwandte. Ihr Mann, der sich an ihrer Seite gehalten hatte, umarmte sie schweigend. Beide weinten und gingen, ohne sich noch einmal umzublicken, Hand in Hand davon. Jetzt erst brach auch Bertalda in Tränen aus.

Die Gäste, alles Standespersonen, die sich von dieser hässlichen Szene unangenehm berührt fühlten, entfernten sich schweigend, einige riefen nach ihren Dienern und befahlen, ihre Wagen abfahrtbereit zu machen, der Stadtkommandant aber sagte im Weggehen zu Bertalda: »Du weißt, armes Kind, wie lieb wir dich immer gehabt haben, aber du weißt auch, dass meine Stellung sich mit einer Erbtochter niederster Herkunft nicht verträgt. Besser ist also, du gehst zu deinen angestammten Eltern zurück.«

Undine, die jetzt erst erkannte, was sie mit ihrer Überraschung angerichtet hatte, versuchte, Bertalda zu trösten, worauf diese sich in ihre Arme flüchtete und sie wieder und wieder schluchzend um Verzeihung für ihre bösen Worte bat. Auch in Undines Augen glänzten Tränen, als sie sagte: »Eher müsste ich dich um Verzeihung bitten! Du musst mir aber glauben: Ich habe es nur gut gemeint.«

Der Ritter, der von Undines Vorhaben nichts gewusst hatte und es nachträglich missbilligte, stand ratlos daneben und fragte sich, welche der schönen Frauen, die sich jetzt so innig umarmten, mehr zu bemitleiden sei.

Als Bertalda, die sich wieder gefasst hatte, ihr zerzaustes Haar ordnete und, noch immer unter Tränen, verzweifelt fragte, wohin sie sich jetzt noch wenden könne, da ihre wahren Eltern sich doch auch von ihr abgewandt hätten, sagte Undine: »Komm mit zu uns. Wir werden wie Schwestern zusammenleben, denn zu solchen hat uns doch das Schicksal gemacht.«

Auf diese Weise geschah also, dass das Burggesinde am Abend des so heiter begonnenen und so traurig endenden Tages beobachten konnte, dass ihr Herr bei seiner Rückkehr nicht nur seine hellblonde Gemahlin bei sich hatte, sondern auch eine vornehme Dame, deren durch Zöpfe gebändigte Haarflut eine schwarzbraune war. Als diese, um in ihre Gemächer geführt zu werden, am Brunnen vorbeigehen musste, schoss zischend ein Wasserstrahl in die Höhe und ließ im Verfließen ein fratzenhaftes Antlitz sichtbar werden, von dem die Mägde meinten, es kündige ein kommendes Unheil an.

5

In der Stadt wurde erzählt, dass der Ritter von Strele jetzt mit zwei Ehefrauen zusammenlebe, und obwohl die auf der Burg dienenden Mägde, die häufig in die Stadt zum Einkaufen kamen, diesem Gerücht entschieden widersprachen, verstummte es nicht.

In Wahrheit aber war es so, dass das Ehepaar wie zuvor in Liebe und Eintracht zusammenlebte, Bertalda aber Gästegemächer bewohnte und nur zu Mahlzeiten und auf Ausflügen mit dem Burgherrn und seiner Gemahlin zusammenkam. Gesagt muss aber auch werden, dass der Ritter bei Fahrten oder Ausritten immer Bertaldas Wünsche erfüllte und diese dann unterwegs auch die Gespräche bestimmte, weil der Ritter das von ihr Gesagte immer für wichtig hielt. Oft schien das Disputieren zwischen den beiden kein Ende nehmen zu wollen, während Undine, die nur wenig zu den Problemen der Menschenwelt beitragen konnte, selten daran beteiligt war. Wenn aber Bertalda darauf bestehen wollte, Sommertage am See zu verbringen oder Vergnügungsfahrten auf dem Wasser zu machen, sagte Undine, ohne ihre Gründe zu nennen, immer entschieden nein.

Als der Ritter ihr einmal, als sie allein waren, deswegen Vorwürfe machte, sie sogar hartherzig nannte, brach sie, obwohl er sehr liebevoll gesprochen hatte, in Tränen aus. Ihre Weigerung, sagte sie, richte sich doch nicht, wie er vermute, gegen die Freundin, vielmehr diene sie ihrem Wohle. »Wie du weißt, mein Liebster, ist mein Onkel, der meint, mich schützen zu müssen, immer dagegen gewesen, die Freundin bei uns aufzunehmen, und da ich seine gegen sie gerichteten Feindseligkeiten fürchte, halte ich sie sowohl vom Brunnen als auch von allen Gewässern fern.«

Bertalda, die nicht vergessen hatte, dass der Brunnen bei ihrer Ankunft zu rumoren begonnen hatte, mied ihn tunlichst, schickte zum Wasserholen stets die Mägde, die sie überhaupt viel beschäftigte und zu denen sie oft unfreundlich war. Undine, bei der sich die Mägde beschwerten, bat darauf den Ritter, Bertalda zur Freundlichkeit den Leuten gegenüber zu ermahnen, musste nun aber zum ersten Mal erleben, dass ihr Geliebter unzufrieden mit ihr war. Er habe an Bertaldas Bemühen, dem Gesinde Gehorsam beizubringen, nichts auszusetzen, sagte er so ärgerlich, dass Undine erschrocken schwieg.

Auf Bertaldas Verlangen wurde ein Ausritt zur sogenannten Krummspree unternommen, bei dem man stundenlang durch trockene Kiefernwälder trabte, um dann plötzlich den Blick auf das frische Grün der Flussniederung zu haben, durch die sich die Spree mit vielen Krümmungen und Verzweigungen ihren Weg suchte, während über ihr im Blauen Milane schwebten und das fröhliche Tirili der Lerchen zu hören war.

Bertalda, die hier zu rasten wünschte, wählte dazu eine Wiesenfläche, die durch einen Bogen des Flusses von drei Seiten von Wasser umgeben war. Undine, die lieber am höher gelegenen Waldrand geblieben wäre, aber vom Ritter nach ihrer Meinung gar nicht gefragt wurde, hielt es für besser, dem zuzustimmen. Hier konnten die Pferde sich an frischen Gräsern erquicken, die Reiter im Schatten von Büschen Schutz vor der Mittagshitze finden und den Hauch feuchter Kühle genießen, der ab und zu vom Fluss herüberkam.

Die Anstrengung des Rittes ließ sie alle in einen Halbschlaf versinken, aus dem sie aufgeschreckt wurden, als die Pferde sich plötzlich ängstlich wiehernd mit erhobenen Köpfen aneinanderdrängten und zum Fluss hin starrten, dessen Wasser brodelnd über die Ufer zu schwappen begann. Undine war sofort auf den Beinen und mit schnellen Schritten am Ufer, wo eine Wassersäule sich erhoben hatte, die sich bald in die Gestalt eines alten Mannes verwandelte, dessen weißer Vollbart mit Schlingpflanzen durchwunden war.

»Bitte, lieber Onkel, störe uns doch nicht wieder!«, sagte Undine, nachdem sie sich vergewissert hatte, dass ihre Begleiter schliefen. Der Wassermann wirkte eher verlegen als böse, als er ihr mit seiner gurgelnden Stimme erwiderte: »Liebes Undinchen, da es meine Aufgabe ist, dich zu schützen, muss ich dafür sorgen, dass sich Bertalda von dir entfernt!«

»Zweifelst du etwa an der Liebe meines Gemahls?«

»Nein, nur an deren Dauer. Glaube mir, Kindchen, ich kenne die Menschenwelt besser als du und weiß, wie das, was sie Liebe nennen, sich abnutzt mit den Jahren. Die anfangs heiß lodernde Flamme wird mit jedem Tag kleiner und kälter. Das ernüchtert die Männer, die sich dann anderswo wieder entflammen lassen. Ich darf und kann es nicht zulassen, dass aus deinem Glück Unglück wird.«

»Du und deinesgleichen können von Liebe nichts wissen, weil ihr seelenlos seid. Wenn du wirklich mein Glück willst, dann, bitte, störe uns nicht.«

Ein Nicken des bärtigen Greisenhaupts war die Antwort, die Gestalt wandelte sich wieder zur Wassersäule, die mit dem über die Ufer getretenen Hochwasser langsam verrann. Als die beiden Schläfer erwachten, war der Fluss wieder zur Ruhe gekommen, die Pferde grasten friedlich, und da die Schatten der Büsche sich schon merklich verlängert hatten, trat man wenig später den Heimweg an.

Bertalda, die die Gespräche sonst immer bestimmte, war dabei auffallend schweigsam, was sie später, als sie die Burg schon vor sich hatten, damit erklärte, dass sie einem Traum nachsinnen müsse, der sie beim Schlaf auf der Wiese so glücklich gemacht habe, wie sie noch nie im Leben gewesen sei. »Im Boot bin ich auf den schmalen Fließen des Spreewalds unterwegs gewesen«, sagte sie glücklich lächelnd mit halbgeschlossenen Augen, als sehe sie das Traumgeschehen noch vor sich. »Wie von unsichtbaren Geistern gezogen, bin ich durch sonnendurchflutete Wälder geglitten, vom schönsten Vogelgesang wurde ich begleitet, und eine Schar bunter Libellen flog mir voraus.«

»Dies Glück werden wir dir nicht vorenthalten«, sagte der Ritter. »Ziel unseres nächsten Ausfluges wird also der Spreewald sein.«

Doch die neben ihm reitende Undine schüttelte mehrfach den Kopf, als sagte sie:

»Nein, nein, nein!«

6

An einem Spätsommermorgen musste Bertalda, die lange zu schlafen pflegte, nach dem Erwachen missgelaunt feststellen, dass die Bereitstellung des Waschwassers für sie versäumt worden war. Noch schlaftrunken, rief sie nach dem für ihre Bedienung zuständigen Mädchen, doch obwohl ihre Stimme kräftig über den Burghof schallte, ließ keine der Mägde sich sehen. Das gesamte Gesinde war nämlich, wie sie erst später erfahren sollte, schon vor Sonnenaufgang auf die Felder beordert worden, weil dort die Roggenernte im Gange war.

Dem Brunnen, der sich bei ihrer Ankunft feindselig gezeigt hatte, war Bertalda vorsichtshalber nie mehr nahe gekommen, das Wasserholen hatten für sie immer die Mägde besorgt. Durch diese war ihr aber auch bekannt geworden, dass es mit diesem Wasser eine wunderbare Bewandtnis hatte: Es machte nämlich, wenn man es frisch geschöpft hatte, die Haut zart und die Gesichter schön. Da Bertalda diese Wirkung bald am eignen Leibe zu spüren meinte, war die Morgenwaschung ihr so wichtig geworden, dass sie sich an diesem Tag ohne Bedienung rasch zum eigenhändigen Wasserholen entschloss. Sie warf sich also ihren Morgenmantel über, ergriff die leeren Wasserkannen und trat auf den Hof. Als sie sich aber einige Schritte auf den Brunnen zubewegte, begann in ihm das hässliche Brodeln wieder, und als sie sich ihm weiter näherte, erhob sich mit widerlichem Heulen eine schäumende Wassersäule, vor der Bertalda dann doch lieber ohne das Wunderwasser die Flucht ergriff.

Undine, die ihren Gatten schon vor Sonnenaufgang auf die Felder begleitet hatte, erfuhr erst mittags durch die Torwache, dass Bertalda erneut von ihrem Onkel Nöck bedroht worden war. Um die Freundin künftig vor derartiger Gefährdung zu bewahren, entschied sie sich für eine rigorose Maßnahme. Zehn starke Männer aus des Ritters Gefolge wurden von ihr angewiesen, einen Findling, den man beim Bau der Burgbrücke freigelegt hatte, auf den Burghof zu schaffen und über den Brunnen zu decken, also ihrem lästigen Onkel den Weg zu versperren.

Obwohl die Mägde jetzt das Wasser aus weit entfernt liegenden Brunnen heranschleppen mussten, zeigten sie für diese Vorsichtsmaßnahme durchaus Verständnis, nicht aber Bertalda, die sich weinend beim Ritter darüber beklagte, dass Undine ihr das Wasser vorenthalte, das zu ihrem Wohlergehen nötig sei. Ohne es direkt auszusprechen, unterstellte sie dabei Undine, die Brunnenabdeckung vorgenommen zu haben, um zu verhindern, dass das Schönheitswasser auch anderen Frauen zugänglich blieb. »Undine geht es darum, die Schönste im Lande zu sein und zu bleiben«, sagte sie schluchzend und drängte sich dabei in des Ritters Arme, als suchte sie Schutz bei ihm.

Der Ritter aber, in dessen Herzen sich die Liebe zu Undine fest verankert hatte, widerstand der Versuchung, ihr die Tränen aus den schönen Augen zu küssen, die dunkle Flut ihrer Haare zu streicheln oder sie mit anderen Zärtlichkeiten zu trösten, er bat sie vielmehr, Undine erst anzuhören, ging mit ihr zusammen zu ihr, und da Undine sanft und liebevoll wie immer die Notwendigkeit der Brunnenabdeckung mit dem Schutz Bertaldas einleuchtend erklären konnte, war das liebevolle Verhältnis zwischen den drei befreundeten Menschen bald wieder da. An Abenden saß man bald wieder in bestem Einvernehmen zusammen, und wie immer war es Bertalda, die das Gespräch bestimmte, weil sie anschaulich erzählen konnte und dabei oft auch witzig war.

Eines Abends aber war sie wortkarg und traurig, so dass Undine, die sich um sie sorgte, von ihr wissen wollte, warum sie so schweigsam sei. Sie musste sie aber dreimal fragen, ehe Bertalda ihr anvertraute, dass der Traum vom Glück einer Bootsfahrt im Spreewald, den sie schon an der Krummspree geträumt hatte, jetzt allnächtlich wiederkehre und sie beim Erwachen in Verzweiflung stürze, weil ihr dieses Glück wohl nie zuteilwerden würde. »Warum«, sagte sie zu Undine, »gönnst du mir diese Freude nicht?«

Da dann auch der Ritter, der Bertalda wieder fröhlich sehen wollte, Undine diese Frage stellte und sie sogar hartherzig nannte, gab Undine schließlich schweren Herzens nach. Und da das Getreide schon unter Dach und Fach war und die Rübenernte noch warten konnte, wurde die Spreewaldfahrt angetreten, als auf einige schöne Spätsommertage zu hoffen war.

Da die in der Burg vorhandenen Boote für die flachen Fließe des Spreewalds nicht geeignet waren, wurde zu Pferd aufgebrochen und der Spree folgend flussaufwärts geritten bis in das erste von Spreewald-Wenden bewohnte Dorf. Bei einem Bootsbauern wurde einer der hier üblichen Gleitkähne erworben, die man nicht durch Rudern, sondern Staken mit einer langen Stange fortbewegt. Da die vielen hundert Fließe, in die die Spree sich hier zersplittert, die fehlenden Wege und Straßen ersetzten, waren die Bauern auf die Kähne angewiesen, denn nur mit ihnen konnten sie ihre Felder erreichen, und auch die Ernte wurde auf dem Wasserwege heimgebracht.

Als der Ritter, der die Pferde auf einer Koppel untergebracht hatte, wieder zum Kahn zurückgehen wollte, kam ihm Undine entgegen, um ihn noch einmal darum zu bitten, die Kahnfahrt nicht anzutreten. »Denke daran«, sagte sie, während sie ihn umarmte, »dass mein Onkel, der auch diese Gewässer beherrscht, unsere Freundin Bertalda unter uns nicht dulden will. In seinem Bestreben, mich vor Unheil zu bewahren, könnte er, wie ich fürchte, ein solches anrichten. Deshalb bitte ich dich, Liebster, lass uns wieder die Pferde besteigen, nicht den Kahn.«

Aber sie flehte vergebens. Der Ritter, der es nicht übers Herz brachte, Bertalda zu enttäuschen, ließ sich auch von Undines Tränen nicht rühren. Er beschuldigte sie vielmehr, der Freundin das Vergnügen der Kahnfahrt nicht zu gönnen, das doch wahrhaftig nicht tadelnswert sei. Während Undine beteuerte, doch nur das Wohl der Freundin im Auge zu haben, erreichten die beiden wieder das Ufer, wo der Ritter seine zierliche Gemahlin wortlos in die Arme nahm und in den Kahn setzte, an dessen Spitze die vor Vorfreude strahlende Bertalda schon saß. Er selbst handhabte, hinten im Boot stehend, wie spielend die lange und schwere Stange, mit der er das Fahrzeug fast geräuschlos vorwärtsbewegte, in das Dunkel der Wälder hinein.

Von einem Schwarm verschiedenfarbiger Libellen begleitet, glitt nun das Boot durch schmale, dann auch wieder breitere Kanäle, meist im Waldesdunkel, das sich ab und zu aber auch lichtete, wenn Äcker oder Wiesen die Ufer säumten oder ein Sumpf nur Schilfbewuchs zuließ oder kaum mannshohes Gebüsch. Vögel waren an diesem heißen Spätsommernachmittag selten zu hören, über Wiesen aber konnte man die Flugkünste eines Milans bewundern, und dann und wann hämmerte in der Ferne ein Specht.

Da Windstille herrschte und außer dem von der Ruderstange verursachten leisen Plätschern kein Ton hörbar wurde, schwiegen meist auch die Freunde, nur einmal ließ Bertalda verlauten, dass die Fahrt durch die Wasserstraßen ihren geträumten Erwartungen in jeder Hinsicht entspreche, ja, vielleicht sie an Schönheit sogar noch übertreffe. »Für diese glücklichen Stunden danke ich euch!«

Als sie das, sich umwendend, sagte und einen liebevollen Blick mit dem Ritter tauschte, glitt unbeabsichtigt ihre rechte Hand vom Bootsrand ab ins Wasser, was von ihr im ersten Augenblick als angenehme Kühlung empfunden wurde, sie dann aber zu einem Schreckensschrei veranlasste, weil der goldene Armreif, den ihr der Ritter kürzlich geschenkt hatte, verschwunden war. Sie habe spüren können, rief sie, wie ihr der Reif abgestreift wurde, habe aber im plötzlich aufgewühlten Wasser nichts sehen können, gehört aber habe sie einen unheimlich gurgelnden Ton.

Während sie weinte und klagte, der Ritter die bösen Wassergeister ihrer Heimtücke wegen verfluchte und zu offenem Kampf aufforderte, beugte Undine sich über den Rand des Bootes und sagte in einer für den Menschen nicht hörbaren Sprache: »Lieber Onkel, bitte mäßige deinen Unwillen über Bertalda, die mir nichts antun will, und gib ihr den Schmuck wieder zurück.« Als Antwort begann das Wasser ringsum zu brodeln, und eine ins Boot schwappende Welle warf den Armreif in Undines Schoß.

»Bitte, liebe Bertalda, weine nicht mehr. Dein Schmuck ist doch wieder da, und weitere Störungen unserer Fahrt sind wohl nicht zu befürchten«, sagte sie, ging zu ihr an die Spitze des schwankenden Bootes und versuchte, sie zu umarmen, doch die Freundin wandte sich empört von ihr ab. »Dass du eine Hexe bist, habe ich schon lange geahnt!«, rief sie wütend, und als sich die erschreckte Undine dem Ritter zuwandte, weil sie sich von ihm Beistand erhoffte, sah sie an seiner Miene, dass auch er ihr grollte, aber noch nach Worten suchte, um ihr weniger bösartig als Bertalda klarzumachen, dass auch er sich mit ihrer Verwandtschaft nicht abfinden könne, weil die Welt der Wassergeister ihm unheimlich war.

»Bitte, bitte, Liebster«, sagte sie eindringlich, »falls auch du die Absicht haben solltest, mich zu schelten, bitte nicht hier auf dem

Wasser! Denke daran, welchem Gesetz wir unterliegen und was du vor unserer Hochzeit geschworen hast. Ich bitte dich, Liebster, spare deinen Groll auf, bis wir wieder zu Hause sind, aber schimpfe auf mich, bitte, bitte, nicht hier!«

Aber der Ritter, den die Tränen Bertaldas mehr rührten als das Flehen Undines, konnte seinen Zorn nicht für sich behalten, nannte also Undine ebenfalls eine Hexe, von deren Zauberkünsten er sich hatte umgarnen lassen, jetzt aber sei es damit, Bertalda sei Dank, endgültig vorbei.

Undine, die einen solchen Zorn ihres Gatten noch nicht erlebt hatte, schaute ihn erst ungläubig an und begann dann, leise zu weinen: »Was tust du da, Liebster, o weh, o weh. Du weißt doch, dass ich dich nun für immer verlassen muss. Lebe wohl! Es war eine schöne Zeit mit dir. Ich werde dich weiterhin schützen, so gut ich kann. Nur bleibe treu!«

Und mit einem weiteren »O weh!«, das dem Ritter noch tagelang in den Ohren klang, war sie von einer Sekunde zur andern verschwunden. Nur ein Schatten von ihr war flüchtig in den Fluten zu sehen gewesen, dann hatte auch dieser sich in Wasser aufgelöst.

7

Als die ersten Herbststürme die Mauern und Türme der Strele-Burg umtosten, wurde der Ritter von Selbstvorwürfen über den von ihm verschuldeten Verlust Undines so sehr gepeinigt, dass er darüber erkrankte und sich lange von seinem Lager nicht zu erheben vermochte, so dass der Arzt, den Bertalda gerufen hatte, erklären musste, hier könne nur Gott oder das Vergehen der Zeit helfen, er könne es nicht.

Und die vergehende Zeit, die die Trauer verringerte, half dem Kranken tatsächlich. Als nach den Weihnachtstagen starke Schneefälle Burgmauern und Bergfried mit weißen Hauben schmückten und die danach einsetzenden strengen Fröste den Strele-See so fest zufrieren ließen, dass er mit Pferd und Wagen passiert werden konnte, glaubte Bertalda, die oft Tag und Nacht am Krankenlager ausgeharrt hatte, Zeichen von Besserung entdecken zu können, weil der Kranke Appetit auf Hühnersuppe verspürte und der Freundin nach langer Zeit mal wieder ein Lächeln schenkte, das sie auf baldige Genesung hoffen ließ.

Als dann der Schnee auf den Dächern von den wärmer werdenden Sonnenstrahlen geschmolzen wurde, war des Ritters Trauer schon im Abklingen begriffen, und die Krankheit zog sich aus seinem jungen Körper zurück. Als in den Wäldern, die den Strele-See säumten, die Anemonen erblühten und die Knechte des Stadtkommandanten das im Winter geschlagene Holz abtransportierten, konnte der Ritter mit Bertaldas Hilfe schon die ersten Spaziergänge unternehmen, auf denen von der Vergangenheit nicht mehr geredet wurde, viel aber von der Zukunft, in der Bertalda sich schon als Burgherrin sah.

Bei den Gesprächen der Mägde untereinander dagegen wurde oft an vergangene Zeiten erinnert, als die sanfte und gerechte Undine von allen geliebt worden war. Jetzt waren sie über die ständige Anwesenheit Bertaldas verärgert, und als sie in der Osterzeit erlauschten, dass Bertalda den Ritter zur Heirat drängte, versuchten sie, dagegen etwas zu tun. Sie wandten sich an den inzwischen uralt gewordenen Pater Andreas, der damals den Ritter und Undine auf Strelenwerder getraut hatte, jetzt mehrerer Taufen wegen in dieser Gegend weilte und dabei auch den Fischer Albrecht besucht hatte, mit dem zusammen er nun auf der Burg erschien.

Während der Fischer, den es empörte, dass seine Tochter Bertalda unverheiratet beim Ritter lebte, entweder ihre Heirat oder ihre Rückkehr ins Elternhaus verlangte, wurde auf Rat des Paters die Heirat zwar nicht, wie die Mägde gehofft hatten, verhindert, aber doch, um auszuschließen, dass Undine vielleicht doch noch lebte, bis zu jenem Spätsommertag verschoben, an dem sie ein Jahr zuvor im Wasser des Spreewalds verschwunden war.

Da alle auf der Burg beschäftigten Leute hart arbeiten mussten, vergingen ihnen Frühling und Sommer relativ schnell. Der Spätsommer war dann kalt und trübe, so dass man sich wie im November fühlte und den Mägden, die schon seit acht Tagen mit den Hochzeitsvorbereitungen beschäftigt waren, das schlechte Wetter als Vorzeichen einer Katastrophe galt. Sie waren auf Bertalda noch immer schlecht zu sprechen, hatten aber Mitleid mit dem Ritter, der von seiner schweren Erkrankung noch immer nicht ganz genesen war.

Auf Wunsch Bertaldas sollte die Hochzeit mit großer Pracht gefeiert werden. Viele Gutsbesitzer der Umgebung und alle Honoratioren der Stadt waren geladen worden, und fast alle hatten zugesagt. Für den Burghof, der des schlechten Wetters wegen als Festplatz leider nicht dienen konnte, waren prächtige Ausschmückungen ersonnen worden, und die Hofbeleuchtung hatte Bertalda so anbringen lassen, dass der noch immer mit einem riesigen Stein verschlossene Brunnen im Dunkeln blieb. Sie plante nämlich, noch vor der Trauung, die sie zur Burgherrin machte, den Brunnen wieder öffnen zu lassen, um in den Genuss des Schönheitswassers zu kommen, was ihr von Undine damals verwehrt worden war. Schon hatte sie zehn starke Männer gedungen, die den Brunnen am Hochzeitsabend wieder öffnen sollten. Denn am Morgen nach der Hochzeitsnacht sollte ihr das Wunderwasser wieder zur Verfügung stehen.

Da Pater Andreas noch ein weiteres Jahr auf die eventuelle Wiederkehr der verschwundenen Undine warten wollte, war er zur Trauung wieder nicht bereit gewesen, wohl aber der Pfarrer aus der Stadt. Er war auch rechtzeitig zur Stelle, und da er Ministranten mitbrachte, konnte er die Eheschließung feierlicher und dem Ritus angemessener gestalten, als es dem Pater Andreas bei der ersten Hochzeit des Ritters in der ärmlichen Fischerhütte damals möglich gewesen war. Damals aber waren die Brautleute und die wenigen Gäste fröhlicher gestimmt gewesen als die jetzige zahlreiche Hochzeitsgesellschaft auf der Burg. Der Ritter wurde an dem fröhlichen Genuss des Festes durch die noch immer in ihm lebendige Trauer um Undine gehindert, während Bertalda, die sich mit Recht als Gewinnerin fühlte, der heimlichen Öffnung des Brunnens wegen unruhig war. Da die Arbeit am Brunnen vor Anbruch der Dunkelheit nicht geschehen konnte, lebte sie in einer Anspannung, die ihr die Feststimmung weitgehend verdarb. Auch dass sie bei der Trauungszeremonie zerstreut wirkte und auf die Frage des Priesters, ob sie des Ritters Frau werden wolle, erst mit geraumer Verspätung das Ja herausbrachte, war eine Folge ihres geheimen Vorhabens, mit dem sie innerlich ständig beschäftigt war. Erst als sie durch ein verabredetes Zeichen von der gelungenen Brunnenöffnung erfahren hatte, gab sie sich mit dem Übermut einer Siegerin dem Vergnügen des Tanzens hin.

Während sie in den Abendstunden ständig die Tänzer wechselte und in den kurzen Tanzpausen, mehr als ihr guttat, dem Rheinwein zusprach, hatte sich der Ritter aus dem Trubel des Festes zurückgezogen, um sich in Ruhe darüber klarzuwerden, warum das Freudenfest in seinem Gemüt keinen Widerhall finden wollte, warum ihm nicht freudig, sondern traurig zumute war.

In solche Gedanken versunken, hatte er den Festsaal verlassen und war auf den durch Fackeln erhellten Burghof hinausgetreten, wo die Musik und der Lärm des Festes nur noch leise zu hören waren. Tief atmend genoss er die frische Nachtluft und den Sprühregen, der die Fackeln flackern und knistern ließ. Der unbeleuchtete Teil des Hofes lag in einem Halbdunkel, das zwar alle Einzelheiten verhüllte, die Umrisse von Bergfried und Brunnen aber erkennen ließ. Das Plätschern, das er von dorther zu hören meinte, hätte er für eine Täuschung gehalten, wäre nicht gleichzeitig eine Gestalt aus dem Brunnen aufgestiegen, die in weiße Gewänder gehüllt war. Verhaltenen Schritts kam sie näher und näher, und obwohl er ihr Gesicht noch nicht sehen konnte, erkannte er sie an der ihr eigentümlichen Art, die Füße so zu setzen, dass ihr Gehen mehr ein Schweben war.

»Du mein herzlich Geliebter«, sagte Undine, indem sie ihn umarmte, »nach dem Gesetz, unter dem wir unsere Liebe begonnen haben, musst du jetzt, wie dir wohl klar ist, den Tod erleiden. Mein Wunsch, dich noch einmal sehen zu können, hat sich nur erfüllen können, weil Bertalda mir den Weg frei gemacht hat. Dafür werde ich ihr immer dankbar sein.«

Mit diesen Worten küsste sie ihn so liebevoll, dass er sich in den letzten Sekunden seines Lebens in die Zeit zurückversetzt fühlte, als er auf Strelenwerder damals ehrlichen Herzens versprochen hatte, ihr allzeit treu zu sein.

Als Bertalda kam, um den Ritter ins Brautbett zu bitten, konnte sie Undine noch sagen hören, dass sie ihren Geliebten totgeküsst habe, sie selbst aber war eine Sekunde später schon nicht mehr zu sehen. An der Stelle aber, an der sie gestanden hatte, war eine Quelle entsprungen, die klares und wohlschmeckendes Wasser gab. Die Mägde, die am nächsten Morgen die Girlanden durch Trauerflore ersetzen mussten, tauften sie Undine-Quelle und machten ihr Wasser als Heil- und Schönheitsmittel im ganzen Lande bekannt. Noch unsere Urgroßmütter glaubten an diese wunderbaren Quellwasserkräfte. Nach der Vertreibung der Wassergeister aber versiegte die Quelle, und heute kann keiner sagen, wo genau sie gewesen ist.

Anhang

[FRIEDRICH DE LA MOTTE FOUQUÉ]

Undine, eine Erzählung.

Vom Verfasser des Todesbundes.

Erstes Kapitel.

WIE DER RITTER ZU DEM FISCHER KAM.

Es mögen nun wohl schon viele hundert Jahre her sein, da gab es einmal einen alten guten Fischer, der saß eines schönen Abends vor der Thür, und flickte seine Netze. Er wohnte aber in einer überaus anmuthigen Gegend. Der grüne Boden, worauf seine Hütte gebaut war, streckte sich weit in einen großen Landsee hinaus, und es schien eben so wohl, die Erdzunge habe sich aus Liebe zu der bläulich klaren, wunderhellen Fluth, in diese hinein gedrängt, als auch, das Wasser habe mit verliebten Armen nach der schönen Aue gegriffen, nach ihren hoch schwankenden Gräsern und Blumen, und nach dem erquicklichen Schatten ihrer Bäume. Eins ging bei dem Andern zu Gaste, und eben deshalb war jegliches so schön. Von Menschen freilich war an dieser hübschen Stelle wenig oder gar nichts anzutreffen, die Fischer und seine Hausleute ausgenommen. Denn hinter der Erdzunge lag ein sehr wilder Wald, den die mehrsten Leute wegen seiner Finsterniß und Unwegsamkeit, wie auch wegen der wundersamen Creaturen und Gaukeleien, die man darin antreffen sollte, allzusehr scheueten, um sich ohne Noth hineinzubegeben. Der alte fromme Fischer jedoch durchschritt ihn ohne Anfechtung zu vielen Malen, wenn er die köstlichen Fische, die er auf seiner schönen Landzunge fing, nach einer großen Stadt trug, welche nicht sehr weit hinter dem großen Walde lag. Es ward ihm wohl mehrentheils deswegen so leicht, durch den Forst zu ziehn, weil er fast keine andre, als fromme Gedanken hegte, und noch außerdem jedesmal, wenn er die verrufenen Schatten betrat, ein geistliches Lied aus heller Kehle und aufrichtigem Herzen anzustimmen gewohnt war.

Da er nun an diesem Abende ganz arglos bei den Netzen saß, kam ihn doch ein unversehener Schrecken an, als er es im Waldesdunkel rauschen hörte, wie Roß und Mann, und sich das Geräusch immer näher nach der Landzunge herauszog. Was er in manchen stürmigen Nächten von den Geheimnissen des Forstes geträumt hatte, zuckte ihm nun auf einmal durch den Sinn, vor Allem das Bild eines riesenmäßig langen, schneeweißen Mannes, der unaufhörlich auf eine seltsame Art mit dem Kopfe nickte. Ja, als er die Augen nach dem Walde aufhob, kam es ihm ganz eigentlich vor, als sehe er durch das Laubgegitter den nickenden Mann hervor kommen. Er nahm sich aber bald zusammen, erwägend, wie ihm doch niemals in dem Walde selbsten was Bedenkliches widerfahren sei, und also auf der freien Landzunge der böse Geist wohl noch minder Gewalt über ihn ausüben dürfe. Zugleich betete er recht kräftiglich einen biblischen Spruch laut aus dem Herzen heraus, wodurch ihm der kecke Muth auch zurücke kam, und er fast lachend sah, wie sehr er sich geirrt hatte. Der weiße, nickende Mann ward nämlich urplötzlich zu einem ihm längst wohlbekannten Bächlein, das schäumend aus dem Forste hervorrann, und sich in den Landsee ergoß. Wer aber das Geräusch verursacht hatte, war ein schön geschmückter Ritter, der zu Roß durch den Baumschatten gegen die Hütte vorgeritten kam. Ein scharlachrother Mantel hing ihm über sein veilchenblaues, goldgesticktes Wamms herab; von dem goldfarbigen Barette wallten rothe und veilchenblaue Federn, am goldnen Wehrgehenke blitzte ein ausnehmend schönes und reichverziertes Schwerdt. Der weiße Hengst, der den Ritter trug, war schlankeren Baues, als man es sonst bei Streitrossen zu sehen gewohnt ist, und trat so leicht über den Rasen hin, daß dieser grünbunte Teppich auch nicht die mindeste Verletzung davon zu empfangen schien. Dem alten Fischer war es noch immer nicht ganz geheuer zu Muth, obwohl er einzusehn meinte, daß von einer so holden Erscheinung nichts Uebles zu befahren sei, weshalb er auch seinen Hut ganz sittig vor dem näherkommenden Herrn abzog, und gelassen bei seinen Netzen verblieb. Da hielt der Ritter stille, und fragte, ob er wohl mit seinem Pferde auf diese Nacht hier Unterkommen und Pflege finden könne? – Was Euer Pferd betrifft, lieber Herr, entgegnete der Fischer, so weiß ich ihm keinen bessern Stall anzuweisen, als diese beschattete Wiese, und kein besseres Futter, als das Gras, welches darauf wächst. Euch selbst aber will ich gerne in meinem kleinen Hause mit Abendbrod und Nachtlager bewirthen, so gut es unser Einer hat. – Der Ritter war damit ganz wohl zufrieden, er stieg von seinem Rosse, welches die beiden gemeinschaftlich losgürteten und loszügelten, und ließ es alsdann auf den blumigen Anger hinlaufen, zu seinem Wirthe sprechend: hätt ich Euch auch minder gastlich und wohlmeinend gefunden, mein lieber alter Fischer, Ihr wäret mich dennoch wohl für Heute nicht wieder losgeworden, denn, wie ich sehe, liegt vor uns ein breiter See, und mit sinkendem Abende in den wunderlichen Wald zurück zu reiten, davor bewahre mich der liebe Gott! – Wir wollen nicht allzuviel davon reden, sagte der Fischer, und führte seinen Gast in die Hütte.

Drinnen saß bei dem Heerde, von welchem aus ein spärliches Feuer die dämmernde, reinliche Stube erhellte, auf einem großen Stuhle, des Fischers betagte Frau; beim Eintritte des vornehmen Gastes stand sie freundlich grüßend auf, setzte sich aber an ihren Ehrenplatz wieder hin, ohne diesen dem Fremdling anzubieten, wobei der Fischer lächelnd sagte: Ihr müßt es ihr nicht verübeln, junger Herr, daß sie Euch den bequemsten Stuhl im Hause nicht abtritt; das ist so Sitte bei armen Leuten, daß der den Alten ganz ausschließlich gehört. – Ei, Mann, sagte die Frau mit ruhigem Lächeln, wo denkst Du auch hin? Unser Gast wird doch zu den Christenmenschen gehören, und wie könnte es alsdann dem lieben jungen Blut einfallen, alte Leute von ihren Sitzen zu verjagen? –

Setzt Euch, mein junger Herr, fuhr sie, gegen den Ritter gewandt, fort; es steht dorten noch ein recht artiges Sesselein, nur müßt Ihr nicht allzu ungestüm damit hin und her rutschen, denn das eine Bein ist nicht allzufeste mehr. – Der Ritter holte den Sessel achtsam herbei, ließ sich freundlich darauf nieder, und es war ihm zu Muthe, als sei er mit diesem kleinen Haushalt verwandt, und eben jetzt aus der Ferne dahin heim gekehrt.

Die drei guten Leute fingen an, höchst freundlich und vertraulich mit einander zu sprechen. Vom Walde, nach welchem sich der Ritter einige Male erkundigte, wollte der alte Mann freilich nicht viel wissen; am wenigsten, meinte er, passe sich das Reden davon jetzt in der einbrechenden Nacht; aber von ihrer Wirthschaft und sonstigem Treiben erzählten die beiden Eheleute desto mehr, und hörten auch gerne zu, als ihnen der Rittersmann von seinen Reisen vorsprach, und daß er eine Burg an den Quellen der Donau habe, und Herr Huldbrand von Ringstetten geheißen sei. Mitten durch das Gespräch hatte der Fremde schon bisweilen ein Plätschern am niedrigen Fensterlein vernommen, als sprütze Jemand Wasser dagegen. Der Alte runzelte bei diesem Geräusche jedesmal unzufrieden die Stirn; als aber endlich ein ganzer Guß gegen die Scheiben flog, und durch den schlechtverwahrten Rahmen in die Stube herein sprudelte, stand er unwillig auf, und rief drohend nach dem Fenster hin: Undine! Wirst Du endlich einmal die Kindereien lassen. Und ist noch obenein Heut ein fremder Herr bei uns in der Hütte. – Es ward auch draußen stille, nur ein leises Gekicher ließ sich noch vernehmen, und der Fischer sagte, zurück kommend: das müßt Ihr nun schon zu Gute halten, mein ehrenwerther Gast, und vielleicht noch manche Ungezogenheiten mehr, aber sie meint es nicht böse. Es ist nämlich unsere Pflegetochter Undine, die sich das kindische Wesen gar nicht abgewöhnen will, ob sie gleich bereits in ihr achtzehentes Jahr gehen mag. Aber wie gesagt, im Grunde ist sie doch von ganzem Herzen gut. – Du kannst wohl sprechen! entgegnete kopfschüttelnd die Alte. Wenn Du so von Fischfang heimkommst oder von der Reise, da mag es mit ihren Schäkereien ganz was Artiges sein. Aber sie den ganzen Tag lang auf dem Halse haben, und kein kluges Wort hören, und statt bei wachsendem Alter Hülfe im Haushalte zu finden, immer nur dafür sorgen müssen, daß uns ihre Thorheiten nicht vollends zu Grunde richten, – da ist es gar ein Andres, und die heilige Geduld selbsten würd es am Ende satt. – Nun, nun, lächelte der Hausherr, Du hast es mit Undinen, und ich mit dem See. Reißt mir der doch auch oftmals meine Dämme und Netze durch, aber ich hab ihn dennoch gern, und Du mit allem Kreuz und Elend das zierliche Kindlein auch. Nicht wahr? – Ganz böse kann man ihr eben nicht werden, sagte die Alte, und lächelte beifällig.

Da flog die Thüre auf, und ein wunderschönes Blondchen schlüpfte lachend herein, und sagte: Ihr habt mich nur gefoppt, Vater; wo ist denn nun Euer Gast? – Selben Augenblicks aber ward sie auch den Ritter gewahr, und blieb staunend vor dem schönen Jünglinge stehn. Huldbrand ergötzte sich an der holden Gestalt, und wollte sich die lieblichen Züge recht achtsam einprägen, weil er meinte, nur ihre Ueberraschung laße ihm Zeit dazu, und sie werde sich bald nachher in zwiefacher Blödigkeit vor seinen Blicken abwenden. Es kam aber ganz anders. Denn als sie ihn nun recht lange angesehn hatte, trat sie zutraulich näher, kniete vor ihm nieder, und sagte, mit einem goldnen Schaupfennige, den er an einer reichen Kette auf der Brust trug, spielend: ei Du schöner, Du freundlicher Gast, wie bist Du denn endlich in unsre arme Hütte gekommen? Mußtest Du denn Jahre lang in der Welt herumstreifen, bevor Du dich auch einmal zu uns fandest? Kommst Du aus dem wüsten Walde, Du schöner Freund? – Die scheltende Alte ließ ihm zur Antwort keine Zeit. Sie ermahnte das Mädchen, fein sittig aufzustehn, und sich an ihre Arbeit zu begeben. Undine aber zog, ohne zu antworten, eine kleine Fußbank neben Huldbrands Stuhl, setzte sich mit ihrem Gewebe darauf nieder, und sagte freundlich: hier will ich arbeiten. Der alte Mann that, wie Aeltern mit verzognen Kindern zu thun pflegen. Er stellte sich, als merke er von Undinens Unart nichts, und wollte von etwas Anderm anfangen. Aber das Mädchen ließ ihn nicht dazu. Sie sagte: woher unser holder Gast kommt, habe ich ihn gefragt, und er hat mir noch nicht geantwortet. – Aus dem Walde komme ich, Du schönes Bildchen, entgegnete Huldbrand, und sie sprach weiter: so mußt Du mir erzählen, wie Du da hineinkamst, denn die Menschen scheuen ihn sonst, und was für wunderliche Abentheuer Du darinnen erlebt hast, weil es doch ohne dergleichen dorten nicht abgehn soll. – Huldbrand empfand einen kleinen Schauer bei dieser Erinnerung, und blickte unwillkürlich nach dem Fenster, weil es ihm zu Muthe war, als müsse eine von den seltsamlichen Gestalten, die ihm im Forste begegnet waren, von dort hereingrinzen; er sah nichts, als die tiefe, schwarze Nacht, die nun bereits draußen vor den Scheiben lag. Da nahm er sich zusammen, und wollte eben seine Geschichte anfangen, als ihn der Alte mit den Worten unterbrach: nicht also, Herr Ritter; zu dergleichen ist es jetzund keine gute Zeit. – Undine aber sprang zornmüthig von ihrem Bänkchen auf, setzte die schönen Arme in die Seiten, und rief, sich dicht vor den Fischer hinstellend: er soll nicht erzählen, Vater? Er soll nicht? Ich aber will's; er soll! Er soll doch! – Und damit trat das zierliche Füßchen heftig gegen den Boden, aber das Alles mit solch einem drollig anmuthigen Anstande, daß Huldbrand jetzt in ihrem Zorn fast weniger noch die Augen von ihr wegbringen konnte, als vorher in ihrer Freundlichkeit. Bei dem Alten hingegen brach der zurückgehaltene Unwillen in volle Flammen aus. Er schalt heftig auf Undinens Ungehorsam und unsittiges Betragen gegen den Fremden, und die gute alte Frau stimmte mit ein. Da sagte Undine: wenn ihr zanken wollt, und nicht thun, was ich haben will, so schlaft allein in Eurer alten, räuchrigen Hütte! – Und wie ein Pfeil war sie aus der Thür, und flüchtigen Laufes in die finstere Nacht hinaus.

Zweites Kapitel.

AUF WELCHE WEISE UNDINE ZU DEM FISCHER GEKOMMEN WAR.

Huldbrand und der Fischer sprangen von ihren Sitzen, und wollten dem zürnenden Mädchen nach. Ehe sie aber an die Hüttenthür gelangten, war Undine schon lange in dem wolkigen Dunkel draußen verschwunden, und auch kein Geräusch ihrer leichten Füße verrieth, wohin sie ihren Lauf wohl gerichtet haben könne. Huldbrand sah fragend nach seinem Wirthe; fast kam es ihm vor, als sei die ganze liebliche Erscheinung, die so schnell in die Nacht wieder untergetaucht war, nichts andres gewesen, als eine Fortsetzung der wunderlichen Gebilde, die früher im Forste ihr loses Spiel mit ihm getrieben hatten, aber der alte Mann murmelte in seinen Bart: es ist nicht das Erstemal, daß sie es uns also macht. Nun hat man die Angst auf dem Herzen, und den Schlaf aus den Augen für die ganze Nacht; denn wer weiß, ob sie nicht dennoch einmal Schaden nimmt, wenn sie so draussen im Dunkel allein ist bis an das Morgenroth. – So laßt uns ihr doch nach, Vater, um Gott! rief Huldbrand ängstlich aus. Der Alte erwiederte; wozu das? Es wär' ein sündlich Werk, ließ' ich Euch in Nacht und Einsamkeit dem thörichten Mädchen so ganz alleine folgen, und meine alten Beine holen den Springinsfeld nicht ein, wenn man auch wüßte, wohin sie gerannt ist. – Nun müssen wir ihr doch nachrufen mindestens, und sie bitten, daß sie wiederkehrt, sagte Huldbrand, und begann auf das beweglichste zu rufen; Undine! Ach Undine! Komm doch zurück! – Der Alte wiegte sein Haupt hin und her, sprechend, all das Geschrei helfe am Ende zu nichts; der Ritter wisse noch nicht, wie trotzig die Kleine sei. Dabei aber konnte er es doch nicht unterlassen, öfters mit in die finstre Nacht hinauszurufen: Undine! Ach liebe Undine! Ich bitte Dich, komme doch nur dies Einemal zurück.

Es ging indessen, wie es der Fischer gesagt hatte. Keine Undine ließ sich hören oder sehn, und weil der Alte durchaus nicht zugeben wollte, daß Huldbrand der Entflohenen nachspürte, mußten sie endlich Beide wieder in die Hütte gehen. Hier fanden sie das Feuer des Heerdes beinahe erloschen, und die Hausfrau, die sich Undinens Flucht und Gefahr bei weitem nicht so zu Herzen nahm, als ihr Mann, bereits zur Ruhe gegangen. Der Alte hauchte die Kohlen wieder an, legte trocknes Holz darauf, und suchte bei der wieder auflodernden Flamme einen Krug mit Wein hervor, den er zwischen sich und seinen Gast stellte. – Euch ist auch Angst wegen des dummen Mädchens, Herr Ritter, sagte er, und wir wollen lieber einen Theil der Nacht verplaudern und vertrinken, als uns auf den Schilfmatten vergebens nach dem Schlafe herumwälzen. Nicht wahr? – Huldbrand war gerne damit zufrieden, der Fischer nöthigte ihn auf den ledigen Ehrenplatz der schlafen gegangnen Hausfrau, und beide tranken und sprachen miteinander, wie es zwei wackern und zutraulichen Männern geziemt. Freilich, so oft sich vor den Fenstern das Geringste regte, oder auch bisweilen, wenn sich gar nichts regte, sah Eines von beiden in die Höhe, sprechend: sie kommt. – Dann wurden sie ein Paar Augenblicke stille, und fuhren nachher, da nichts erschien, kopfschüttelnd und seufzend in ihren Reden fort.

Weil aber nun Beide an fast gar nichts andres zu denken vermochten, als an Undinen, so wußten sie auch nichts beßres, als, der Ritter, zu hören, welchergestalt Undine zu dem alten Fischer gekommen sei, der alte Fischer, eben diese Geschichte zu erzählen. Deshalben hub er folgendermaßen an.

Es sind nun wohl funfzehn Jahre vergangen, da zog ich einmal durch den wüsten Wald mit meiner Waare nach der Stadt. Meine Frau war daheim geblieben, wie gewöhnlich; und solches zu der Zeit auch noch um einer gar hübschen Ursache willen, denn Gott hatte uns, in unserm damals schon ziemlich hohen Alter ein wunderschönes Kindlein bescheert. Es war ein Mägdlein, und die Rede ging bereits unter uns, ob wir nicht, dem neuen Ankömmlinge zu Frommen, unsre schöne Landzunge verlassen wollten, um die liebe Himmelsgabe künftig an bewohnbaren Orten besser aufzuziehen. Es ist freilich bei armen Leuten nicht so damit, wie Ihr es meinen mögt, Herr Ritter; aber, lieber Gott! Jedermann muß doch einmal thun, was er vermag. – Nun, mir ging unterweges die Geschichte ziemlich im Kopfe herum. Diese Landzunge war mir so im Herzen lieb, und ich fuhr ordentlich zusammen, wenn ich unter dem Lärm und Gezänke in der Stadt bei mir selbsten denken mußte: in solcher Wirthschaft nimmst auch du nun mit nächstem Deinen Wohnsitz, oder doch in einer nicht viel stillern! – Dabei aber hab' ich nicht gegen unsern lieben Herrngott gemurret, vielmehr ihm im Stillen für das Neugeborne gedankt; ich müßte auch lügen, wenn ich sagen wollte, mir wäre auf dem Hin- oder Rückwege durch den Wald irgend etwas bedenklicheres aufgestoßen, als sonst, wie ich denn nie etwas Unheimliches dorten gesehn habe. Der Herr war immer mit mir in den verwunderlichen Schatten.

Da zog er sein Mützchen von dem kahlen Schädel, und blieb eine Zeitlang in betenden Gedanken sitzen. Dann bedeckte er sich wieder, und sprach fort:

Dießeits des Waldes, ach dießeits, da zog mir das Elend entgegen. Meine Frau kam gegangen mit strömenden Augen wie zwei Bäche; sie hatte Trauerkleider angelegt. – O lieber Gott, ächzte ich, wo ist unser liebes Kind? Sag' an! – Bei dem, den Du rufest, lieber Mann, entgegnete sie, und wir gingen nun stillweinend mit einander in die Hütte. Ich suchte nach der kleinen Leiche; da erfuhr ich erst, wie Alles gekommen war. Am Seeufer hatte meine Frau mit dem Kinde gesessen, und wie sie so recht sorglos und selig mit ihm spielt, bückt sich die Kleine auf Einmal vor, als sähe sie etwas ganz Wunderschönes im Wasser; meine Frau sieht sie noch lachen, den lieben Engel, und mit den Händchen greifen; aber im Augenblick schießt sie ihr durch die rasche Bewegung aus den Armen, und in den feuchten Spiegel hinunter. Ich habe viel gesucht nach der kleinen Todten; es war zu nichts; auch keine Spur von ihr war zu finden. –

Nun wir verwaisten Aeltern saßen denn noch selbigen Abends still beisammen in der Hütte, zu reden hatte Keiner Lust von uns, wenn man es auch gekonnt hätte vor Thränen. Wir sahen so in das Feuer des Heerdes hinein. Da raschelt was draußen an der Thür; sie springt auf, und ein wunderschönes Mägdlein von etwa drei, vier Jahren, steht reich geputzt auf der Schwelle, und lächelt uns an. Wir blieben ganz stumm vor Erstaunen, und ich wußte erst nicht, war es ein ordentlicher, kleiner Mensch, war es blos ein gaukelhaftiges Bildniß. Da sah' ich aber das Wasser von den goldnen Haaren und den reichen Kleidern herabtröpfeln, und merkte nun wohl, das schöne Kindlein habe im Wasser gelegen, und Hülfe thue ihm Noth. – Frau, sagte ich, uns hat Niemand unser liebes Kind erretten können; wir wollen doch wenigstens an andern Leuten thun, was uns seelig auf Erden machen würde, vermöchte es Jemand an uns zu thun. – Wir zogen die Kleine aus, brachten sie zu Bett' und reichten ihr wärmende Getränke, wobei sie kein Wort sprach, und uns blos aus den beiden seeblauen Augenhimmeln immerfort lächelnd anstarrte.

Des andern Morgens ließ sich wohl abnehmen, daß sie keinen weitern Schaden genommen hatte, und ich fragte nun nach ihren Aeltern, und wie sie hier hergekommen sei. Das aber gab eine verworrne, wundersamliche Geschichte. Von weit her muß sie wohl gebürtig sein, denn nicht nur, daß ich diese funfzehn Jahre her nichts von ihrer Herkunft erforschen konnte, so sprach und spricht sie auch bisweilen so absonderliche Dinge, daß unser Eins nicht weiß, ob sie am Ende nicht gar vom Monde herunter gekommen sein könnte. Da ist die Rede von goldnen Schlössern, von kristallnen Dächern, und Gott weiß, wovon noch mehr. Was sie am deutlichsten erzählte, war, sie sei mit ihrer Mutter auf dem großen See spatzieren gefahren, aus der Barke in's Wasser gefallen, und habe ihre Sinne erst hier unter den Bäumen wiedergefunden, wo ihr an dem lustigen Ufer recht behaglich zu Muthe geworden sei.

Nun hatten wir noch eine große Bedenklichkeit und Sorge auf dem Herzen. Daß wir an der lieben Ertrunknen Stelle die Gefundne behalten und auferziehn wollten, war freilich sehr bald ausgemacht; aber wer konnte nun wissen, ob das Kind getauft sei, oder nicht? Sie selber wußte darüber keine Auskunft zu geben. Daß sie eine Kreatur sei, zu Gottes Preis und Freude geschaffen, wisse sie wohl, antwortete sie uns mehrentheils, und was zu Gottes Preis und Freude gereiche, seie sie auch bereit, mit sich vornehmen zu lassen. – Meine Frau und ich dachten so: ist sie nicht getauft, so giebt's da nichts zu zögern; ist sie es aber doch, so kann bei guten Dingen zu wenig eher schaden, als zu viel. Und dem zu Folge sannen wir auf einen guten Namen für das Kind, das wir ohnehin noch nicht ordentlich zu rufen wußten. Wir meinten endlich, Dorothea werde sich am besten für sie schicken, weil ich einmal gehört hatte, das heiße Gottesgabe, und sie uns doch von Gott als eine Gabe zugesandt war, als ein Trost in unserm Elend. Sie hingegen wollte nichts davon hören, und meinte, Undine sei sie von ihren Aeltern genannt worden, Undine wolle sie auch ferner heissen. Nun kam mir das wie ein heidnischer Name vor, der in keinem Kalender stehe, und ich holte mir deshalben Rath bei einem Priester in der Stadt. Der wollte auch nichts von dem Undinen-Namen hören, und kam auf mein vieles Bitten mit mir durch den verwunderlichen Wald, zu Vollziehung der Taufhandlung, hier herein in meine Hütte. Die Kleine stand so hübsch geschmückt und holdseelig vor uns, daß dem Priester alsbald sein ganzes Herz vor ihr aufging, und sie wußte ihm so artig zu schmeicheln, und mitunter so drollig zu trotzen, daß er sich endlich auf keinen der Gründe, die er gegen den Namen Undine vorräthig gehabt hatte, mehr besinnen konnte. Sie ward denn also Undine getauft, und betrug sich während der heiligen Handlung außerordentlich sittig und anmuthig, so wild und unstät sie auch übrigens immer war. Denn darin hat meine Frau ganz Recht: was Tüchtiges haben wir mit ihr auszustehen gehabt. Wenn ich Euch erzählen sollte –

Der Ritter unterbrach den Fischer, um ihn auf ein Geräusch, wie von gewaltig rauschenden Wasserfluthen, aufmerksam zu machen, das er schon früher zwischen den Reden des Alten vernommen hatte, und das nun mit wachsendem Ungestüm vor den Hüttenfenstern dahin strömte. Beide sprangen nach der Thür. Da sahen sie draußen im jetzt aufgegangnen Mondenlicht den Bach, der aus dem Walde hervor rann, wild über seine Ufer hinausgerissen, und Steine und Holzstämme in reißenden Wirbeln mit sich fortschleudern. Der Sturm brach, wie von dem Getöse erweckt, aus den nächtigen Gewölken, diese pfeilschnell über den Mond hinjagend, hervor, der See heulte unter des Windes schlagenden Fittigen, die Bäume der Landzunge aechzten von Wurzel zu Wipfel hinauf, und beugten sich wie schwindelnd über die reißenden Gewässer: – Undine! Um Gotteswillen, Undine! riefen die zwei beängstigten Männer. – Keine Antwort kam ihnen zurück, und achtlos nun jeglicher andern Erwägung, rannten sie, suchend und rufend, Einer hier, der Andre dort hin, aus der Hütte fort.

Drittes Kapitel.

WIE SIE UNDINEN WIEDERFANDEN.

Dem Huldbrand ward es immer ängstlicher und verworrner zu Sinn, je länger er unter den nächtlichen Schatten suchte, ohne zu finden. Der Gedanke, Undine sei nur eine bloße Walderscheinung gewesen, bekam auf's Neue Macht über ihn, ja er hätte unter dem Geheul der Wellen und Stürme, dem Krachen der Bäume, der gänzlichen Umgestaltung der kaum noch so still anmuthigen Gegend, die ganze Landzunge samt der Hütte und ihren Bewohnern fast für eine trügrisch neckende Bildung gehalten; aber von fern hörte er doch immer noch des Fischers ängstliches Rufen nach Undinen, der alten Hausfrau lautes Beten und Singen durch das Gebraus. Da kam er endlich dicht an des übergetretnen Baches Rand, und sah im Mondenlicht, wie dieser seinen ungezähmten Lauf grade vor den unheimlichen Wald hin, genommen hatte, so daß er nun die Erdspitze zur Insel machte. – O lieber Gott, dachte er bei sich selbst, wenn es Undine gewagt hätte, ein Paar Schritte in den fürchterlichen Forst hineinzuthun; vielleicht eben in ihrem anmuthigen Eigensinn, weil ich ihr nichts davon erzählen sollte, – und nun wäre der Strom dazwischen gerollt, und sie weinte nun einsam drüben bei den Gespenstern! – Ein Schrei des Entsetzens entfuhr ihm, und er klomm einige Steine und umgestürzte Fichtenstämme hinab, um in den reissenden Strom zu treten, und, watend oder schwimmend, die Verirrte drüben zu suchen. Es fiel ihm zwar alles Grausenvolle und Wunderliche ein, was ihm schon bei Tage unter den jetzt rauschenden und heulenden Zweigen begegnet war. Vorzüglich kam es ihm vor, als stehe ein langer weißer Mann, den er nur allzugut kannte, grinsend und nickend am jenseitigen Ufer: aber eben diese ungeheuern Bilder rissen ihn gewaltig nach sich hin, weil er bedachte, daß Undine in Todesängsten unter ihnen sei, und allein.

Schon hatte er einen starken Fichtenast ergriffen, und stand, auf diesen gestützt, in den wirbelnden Fluthen, gegen die er sich kaum aufrecht zu halten vermochte; aber er schritt getrosten Muthes tiefer hinein. Da rief es neben ihm mit anmuthiger Stimme: trau' nicht, trau' nicht! Er ist tückisch, der Alte, der Strom! – Er kannte diese lieblichen Laute, er stand wie bethört unter den Schatten, die sich eben dunkel über den Mond gelegt hatten, und ihn schwindelte vor dem Gerolle der Wogen, die er pfeilschnell an seinen Schenkeln hinschießen sah. Dennoch wollte er nicht ablassen. – Bist Du nicht wirklich da, gaukelst Du nur neblicht um mich her, so mag auch ich nicht leben, und will ein Schatten werden, wie Du, Du liebe, liebe Undine! Dies rief er laut, und schritt wieder tiefer in den Strom. – Sieh' Dich doch um, ei sieh' Dich doch um, Du schöner, bethörter Jüngling! so rief es abermals dicht bei ihm, und seitwärts blickend sah er im eben sich wieder enthüllenden Mondlicht, unter den Zweigen hochverschlungner Bäume, auf einer durch die Ueberschwemmung gebildeten kleinen Insel, Undinen lächelnd und lieblich in die blühenden Gräser hingeschmiegt.

O wie viel freudiger brauchte nun der junge Mann seinen Fichtenast zum Stabe, als vorhin! Mit wenigen Schritten war er durch die Fluth, die zwischen ihm und dem Mägdlein hinstürmte, und neben ihr stand er auf der kleinen Rasenstelle, heimlich und sehr von den uralten Bäumen überrauscht und beschirmt. Undine hatte sich etwas emporgerichtet, und schlang nun in dem grünen Laubgezelte ihre Arme um seinen Nacken, so daß sie ihn auf ihren weichen Sitz neben sich nieder zog. – Hier sollst Du mir erzählen, hübscher Freund, sagte sie leise flüsternd; hier hören uns die grämlichen Alten nicht. Und so viel als ihre ärmliche Hütte, ist doch hier unser Blätterdach wohl noch immer werth. – Es ist der Himmel! sagte Huldbrand, und umschlang, inbrünstig küssend, die schmeichelnde Schöne.

Da war unterdessen der alte Fischer an das Ufer des Stromes gekommen, und rief zu den beiden jungen Leuten herüber: ei, Herr Ritter, ich habe Euch aufgenommen, wie es ein biederherziger Mann dem andern zu thun pflegt, und nun kos't Ihr mit meinem Pflegekinde so heimlich, und laßt mich noch obenein in der Angst nach ihr durch die Nacht umherlaufen. – Ich habe sie selbst erst eben jetzt gefunden, alter Vater, rief ihm der Ritter zurück. Desto besser, sagte der Fischer; aber nun bringt sie mir auch ohne Verzögern an das feste Land herüber. Davon aber wollte Undine wieder gar nichts hören. Sie meinte, eher wolle sie mit dem schönen Fremden in den wilden Forst vollends hinein, als wieder in die Hütte zurück, wo man ihr nicht ihren Willen thue, und aus welcher der hübsche Ritter doch über kurz oder lang scheiden werde. Mit unsäglicher Anmuth sang sie, Huldbranden umschlingend:

Aus dunst'gem Thal die Welle,
Sie rann und sucht' ihr Glück;
Sie kam in's Meer zur Stelle,
Und rinnt nicht mehr zurück.

Der alte Fischer weinte bitterlich in ihr Lied, aber es schien sie nicht sonderlich zu rühren. Sie küßte und streichelte ihren Liebling, der endlich zu ihr sagte: Undine, wenn Dir des alten Mannes Jammer das Herz nicht trifft, so trifft er's mir. Wir wollen zurück zu ihm. – Verwundert schlug sie die großen blauen Augen gegen ihn auf, und sprach endlich langsam und zögernd: wenn Du es so meinst, – gut; mir ist Alles recht, was Du meinst. Aber versprechen muß mir erst der alte Mann da drüben, daß er Dich ohne Widerrede will erzählen lassen, was Du im Walde gesehn hast, und – nun das Andre findet sich wohl. Komm nur, komm! rief der Fischer ihr zu, ohne mehr Worte heraus bringen zu können. Zugleich streckte er seine Arme weit über die Fluth ihr entgegen, und nickte mit dem Kopfe, um ihr die Erfüllung ihrer Fordrung zuzusagen, wobei ihm die weißen Haare seltsam über das Gesicht herüber fielen, und Huldbrand an den nickenden weißen Mann im Forste denken mußte. Ohne sich aber durch irgend etwas irre machen zu lassen, faßte der junge Rittersmann das schöne Mädchen in seine Arme, und trug sie über den kleinen Raum, welchen der Strom zwischen ihrem Inselchen und dem festen Ufer durchbrauste. Der Alte fiel um Undinens Hals, und konnte sich gar nicht satt freuen und küssen; auch die alte Frau kam herbei, und schmeichelte der Wiedergefundenen auf das Herzlichste. Von Vorwürfen war gar nicht die Rede mehr, um so minder, da auch Undine, ihres Trotzes vergessend, die beiden Pflegeältern mit anmuthigen Worten und Liebkosungen fast überschüttete.

Als man endlich nach der Freude des Wiederhabens sich recht besann, blickte schon das Morgenroth leuchtend über den Landsee herein, der Sturm war stille geworden, die Vöglein sangen lustig auf den genäßten Zweigen. Weil nun Undine auf die Erzählung der verheißnen Geschichte des Ritters bestand, fügten sich die beiden Alten lächelnd und willig in ihr Begehr. Man brachte ein Frühstück unter die Bäume, welche hinter der Hütte gegen den See zu standen, und setzte sich, von Herzen vergnügt, dabei nieder, Undine, weil sie es durchaus nicht anders haben wollte, zu den Füßen des Ritters in's Gras. Hierauf begann Huldbrand folgendermaßen zu sprechen.

Viertes Kapitel.

VON DEM, WAS DEM RITTER IM WALDE BEGEGNET WAR.

Es mögen nun etwan acht Tage her sein, da ritt ich in die freie Reichsstadt ein, welche dort jenseit des Forstes gelegen ist. Bald darauf gab es darin ein schönes Turnieren und Ringelrennen, und ich schonte meinen Gaul und meine Lanze nicht. Als ich nun einmal an den Schranken still halte, um von der lustigen Arbeit zu rasten, und den Helm an einen meiner Knappen zurück reiche, fällt mir ein wunderschönes Frauenbild in die Augen, das im allerherrlichsten Schmuck auf einem der Altane stand und zusah. Ich fragte meinen Nachbar, und erfuhr, die reizende Jungfrau heiße Bertalda, und sei die Pflegetochter eines der mächtigen Herzoge, die in dieser Gegend wohnen. Ich merkte, daß sie auch mich ansah, und wie es nun bei uns jungen Rittern zu kommen pflegt: hatte ich erst brav geritten, so ging es nun noch ganz anders los. Den Abend bei'm Tanze war ich Bertalda's Gefährt, und das blieb so alle die Tage des Festes hindurch.

Ein empfindlicher Schmerz an seiner linken herunterhängenden Hand unterbrach hier Huldbrands Rede, und zog seine Blicke nach der schmerzenden Stelle. Undine hatte ihre Perlenzähne scharf in seine Finger gesetzt, und sah dabei recht finster und unwillig aus. Plötzlich aber schaute sie ihm freundlich wehmüthig in die Augen, und flüsterte ganz leise: Ihr macht es auch darnach. – Dann verhüllte sie ihr Gesicht, und der Ritter fuhr seltsam verwirrt und nachdenklich in seiner Geschichte fort:

Es ist eine hochmüthige, wunderliche Maid, diese Bertalda. Sie gefiel mir auch am zweiten Tage schon lange nicht mehr, wie am ersten, und am dritten noch minder. Aber ich blieb um sie, weil sie freundlicher gegen mich war, als gegen andre Ritter, und so kam es auch, daß ich sie im Scherz um einen ihrer Handschuhe bat. – Wenn Ihr mir Nachricht bringt, und Ihr ganz allein, sagte sie, wie es im berüchtigten Forste aussieht. – Mir lag eben nicht so viel an ihren Handschuhen, aber gesprochen war gesprochen, und ein ehrliebender Rittersmann läßt sich zu solchem Probestücke nicht zweimal mahnen.

Ich denke, sie hatte Euch lieb, unterbrach ihn Undine.

Es sah so aus, entgegnete Huldbrand.

Nun, rief das Mädchen lachend, die muß recht dumm sein. Von sich zu jagen, was Einem lieb ist! Und vollends in einen verrufnen Wald hinein. Da hätte der Wald und sein Geheimniß lange für mich warten können.

Ich machte mich denn gestern Morgen auf den Weg, fuhr der Ritter, Undinen freundlich anlächelnd, fort. Die Baumstämme blitzten so roth und schlank im Morgenlichte, das sich hell auf dem grünen Rasen hinstreckte, die Blätter flüsterten so lustig mit einander, daß ich in meinem Herzen über die Leute lachen mußte, die an diesem vergnüglichen Orte irgend etwas Unheimliches erwarten konnten. Der Wald soll bald durchtrabt sein, hin und zurück! sagte ich in behaglicher Fröhlichkeit zu mir selbst, und eh' ich noch daran dachte, war ich tief in die grünenden Schatten hinein, und nahm nichts mehr von der hinter mir liegenden Ebne wahr. Da fiel es mir erst auf's Herz, daß ich mich auch in dem gewaltigen Forste gar leichtlich verirren könne, und daß dieses vielleicht die einzige Gefahr sei, welche den Wandersmann allhier bedrohe. Ich hielt daher stille, und sah mich nach dem Stande der Sonne um, die unterdessen etwas höher gerückt war. Indem ich nun so emporblicke, sehe ich ein schwarzes Ding in den Zweigen einer hohen Eiche. Ich denke schon, es ist ein Bär, und fasse nach meiner Klinge; da sagt es mit einer Menschenstimme, aber recht rauh und häßlich, herunter; wenn ich hier oben nicht die Zweige abknusperte, woran solltest Du denn Heut' um Mitternacht gebraten werden, Herr Naseweis? – Und dabei grinzt es, und raschelt mit den Aesten, daß mein Gaul toll wird, und mit mir durchgeht, eh' ich noch Zeit gewinnen konnte, zu sehn, was es denn eigentlich für eine Teufelsbestie war.

Den müßt Ihr nicht nennen, sagte der alte Fischer, und kreuzte sich; die Hausfrau that schweigend desgleichen; Undine sah ihren Liebling mit hellen Augen an, sprechend: das Beste bei der Geschichte ist, daß sie ihn doch nicht wirklich gebraten haben. Weiter, Du hübscher Jüngling.

Der Ritter fuhr in seiner Erzählung fort: ich wäre mit meinem scheuen Pferde fast gegen Baumstämme und Aeste angerannt; es triefte von Angst und Erhitzung, und wollte sich doch noch immer nicht halten lassen. Zuletzt ging es grade auf einen steinigen Abgrund los; da kam mir's plötzlich vor, als werfe sich ein langer, weißer Mann dem tollen Hengste quer vor in seinen Weg; der entsetzte sich davor, und stand; ich kriegte ihn wieder in meine Gewalt, und sah nun erst, daß mein Retter kein weißer Mann war, sondern ein silberheller Bach, der sich neben mir von einem Hügel herunter stürzte, meines Rosses Lauf ungestüm kreutzend und hemmend.

Danke, lieber Bach! rief Undine, in die Händchen klopfend. Der alte Mann aber sah kopfschüttelnd in tiefem Sinnen vor sich nieder.

Ich hatte mich noch kaum im Sattel wieder zurecht gesetzt, und die Zügel wieder ordentlich recht gefaßt, fuhr Huldbrand fort, so stand auch schon ein wunderliches Männlein zu meiner Seiten, winzig und häßlich über alle Maßen, ganz braungelb, und mit einer Nase, die nicht viel kleiner war, als der ganze übrige Bursche selbst. Dabei grinzte er mit einer recht dummen Höflichkeit aus dem breitgeschlitzten Maule hervor, und machte viele tausend

Scharrfüße und Bücklinge gegen mich. Weil mir nun das Possenspiel sehr mißhagte, dankte ich ihm ganz kurz, warf meinen noch immer zitternden Gaul herum, und gedachte, mir ein andres Abentheuer, oder, dafern ich keines fände, den Heimweg zu suchen, denn die Sonne war während meiner tollen Jagd schon über die Mittagshöhe gen Westen gegangen. Da sprang aber der kleine Kerl mit einer blitzschnellen Wendung herum, und stand abermals vor meinem Hengste. – Platz da! sagt' ich verdrießlich; das Thier ist wild, und rennet Dich leichtlich um. – Ei, schnarrte das Kerlchen, und lachte noch viel entsetzlich dummer; schenkt mir doch erst ein Trinkgeld, denn ich hab' ja Euer Rösselein aufgefangen; lägt Ihr doch ohne mich samt Euerm Rösselein in der Steinkluft da unten; hu! – Schneide nur keine Gesichter weiter, sagte ich, und nimm Dein Geld hin, wenn Du auch lügst; denn siehe, der gute Bach dorten hat mich gerettet, nicht aber Du, höchst ärmlicher Wicht. – Und zugleich ließ ich ein Goldstück in seine wunderliche Mütze fallen, die er bettelnd vor mir abgezogen hatte. Dann trabte ich weiter; er aber schrie hinter mir drein, und war plötzlich mit unbegreiflicher Schnelligkeit neben mir. Ich sprengte mein Roß im Gallopp an; er galloppirte mit, so sauer es ihm zu werden schien, und so wunderliche, halb lächerliche, halb gräßliche Verrenkungen er dabei mit seinem Leibe vornahm, wobei er immerfort das Goldstück in die Höhe hielt, und bei jedem Galloppsprunge schrie; falsch Geld! falsche Münz'! Falsche Münz'! falsch Geld! Und das krächzte er aus so hohler Brust heraus, daß man meinte, er müsse nach jeglichem Schreie todt zu Boden stürzen. Auch hing ihm die häßlich rothe Zunge weit aus dem Schlunde. Ich hielt verstört; ich fragte: was willst Du mit Deinem Geschrei? Nimm noch ein Goldstück, nimm noch zwei, aber dann laß ab von mir. – Da fing er wieder mit seinem häßlich höflichen Grüßen an, und schnarrte: Gold eben nicht, Gold soll es eben nicht sein, mein Jungherrlein; des Spaßes hab' ich selbsten allzuviel; will's Euch mal zeigen.

Da ward es mir auf einmal, als könn' ich durch den grünen festen Boden durchsehn, als sei er grünes Glas, und die ebne Erde kugelrund, und drinnen hielten eine Menge Kobolde ihr Spiel mit Silber und Gold. Kopfauf, kopfunter, kugelten sie sich herum, und schmissen einander zum Spaß mit den edlen Metallen, und puhsteten sich den Goldstaub neckend in's Gesicht. Mein häßlicher Gefährte stand halb drinnen, halb draußen; er ließ sich sehr, sehr viel Gold von den Andern herauf reichen, und zeigte es mir lachend, und schmiß es dann immer wieder klingend in die unermeßlichen Klüfte hinab. Dann zeigte er wieder mein Goldstück, was ich ihm geschenkt hatte, den Kobolden drunten, und die wollten sich drüber halb todt lachen, und zischten mich aus. Endlich reckten sie Alle die spitzigen, metallschmutzigen Finger gegen mich aus, und wilder und wilder, und dichter und dichter, und toller und toller, klomm das Gewimmel gegen mich herauf; – da erfaßte mich ein Entsetzen, wie vorhin meinen Gaul. Ich gab ihm beide Sporen, und weiß nicht, wie weit ich zum zweitenmale toll in den Wald hinein gejagt bin.

Als ich nun endlich wieder still hielt, war es abendkühl um mich her. Durch die Zweige sah ich einen weißen Fußpfad leuchten, von dem ich meinte, er müsse aus dem Forste nach der Stadt zurückführen. Ich wollte mich dahin durcharbeiten; aber ein ganz weißes, undeutliches Antlitz, mit immer wechselnden Zügen, sah mir zwischen den Blättern entgegen; ich wollte ihm ausweichen, aber wo ich hinkam, war es auch. Ergrimmt gedacht' ich endlich mein Roß darauf los zu treiben; da sprudelte es mir und dem Pferde weißen Schaum entgegen, daß wir Beide geblendet umwenden mußten. So trieb es uns von Schritt zu Schritt, immer von dem Fußsteige abwärts, und ließ uns überhaupt nur nach einer einzigen Richtung hin den Weg noch frei. Zogen wir aber auf dieser fort, so war es wohl dicht hinter uns, that uns jedoch nicht das Geringste zu Leide. Wenn ich mich dann bisweilen nach ihm umsah, merkte ich wohl, daß das weiße, sprudelnde Antlitz auf einem eben so weißen, höchst riesenmäßigen Körper saß. Manchmal dacht' ich auch, als sei ein wandelnder Springbronn, aber ich konnte niemals recht darüber zur Gewißheit kommen. Ermüdet gaben Roß und Reiter dem treibenden, weißen Manne nach, der uns immer mit dem Kopfe zunickte, als wolle er sagen; schon recht! schon recht! – Und so sind wir endlich an das Ende des Waldes hier heraus gekommen, wo ich Rasen und Seefluth und Eure kleine Hütte sah, und wo der lange, weiße Mann verschwand.

Gut, daß er fort ist, sagte der alte Fischer, und nun begann er davon zu sprechen, wie sein Gast auf die beste Weise wieder zu seinen Leuten nach der Stadt zurück gelangen könne. Darüber fing Undine an, ganz leise in sich selbst hinein zu kichern. Huldbrand merkte es, und sagte: ich dachte, Du sähest mich gern hier; was freust Du Dich denn nun, da von meiner Abreise die Rede ist?

Weil Du nicht fort kannst, entgegnete Undine. Prob' es doch mal durch den übergetretnen Waldstrom zu setzen, mit Kahn, mit Roß oder allein; wie Du Lust hast. Oder prob' es lieber nicht, denn Du würdest zerschellt werden, von den blitzschnell getriebnen Stämmen und Steinen. Und was den See angeht, da weiß ich wohl: der Vater darf mit seinem Kahne nicht weit genug darauf hinaus.

Huldbrand erhob sich lächelnd, um zu sehn, ob es so sei, wie ihm Undine gesagt hatte, der Alte begleitete ihn, und das Mädchen gaukelte scherzend neben den Männern her. Sie fanden es in der That, wie sie gesagt hatte, und der Ritter mußte sich drein ergeben, auf der zur Insel gewordnen Landspitze zu bleiben, bis die Fluthen sich verliefen. Als die dreie nach ihrer Wandrung wieder der Hütte zugingen, sagte der Ritter der Kleinen in's Ohr: nun, wie ist es, Undinchen? Bist Du böse, daß ich bleibe? – Ach, entgegnete sie mürrisch, laßt nur. Wenn ich Euch nicht gebissen hätte, wer weiß, was noch Alles von der Bertalda in Eurer Geschichte vorgekommen wär'!

Fünftes Kapitel.

WIE DER RITTER AUF DER SEESPITZE LEBTE.

Du bist vielleicht, mein lieber Leser, schon irgendwo, nach mannigfachem Auf- und Abtreiben in der Welt, an einen Ort gekommen, wo Dir es wohl war; die Jedwedem eingeborne Liebe zu eignem Heerd und stillen Frieden ging wieder auf in Dir; Du meintest, die Heimath blühe mit allen Blumen der Kindheit und der allerreinsten, innigsten Liebe, wieder aus theuren Grabstätten hervor, und hier müsse gut wohnen und Hütten bauen sein. Ob Du Dich darin geirrt, und den Irrthum nachher schmerzlich abgebüßt hast, das soll hier nichts zur Sache thun, und Du wirst Dich auch selbst wohl mit dem herben Nachschmack nicht freiwillig betrüben wollen. Aber rufe jene unaussprechlich süsse Ahnung, jenen englischen Gruß des Friedens wieder in Dir herauf, und Du wirst ungefähr wissen können, wie dem Ritter Huldbrand während seines Lebens auf der Seespitze zu Sinne war.

Er sah oftmals mit innigem Wohlbehagen, wie der Waldstrom mit jedem Tage wilder einherrollte, wie er sich sein Bette breiter und breiter riß, und die Abgeschiedenheit auf der Insel so für immer längere Zeit ausdehnte. Einen Theil des Tages über, strich er mit einer alten Armbrust, die er in einem Winkel der Hütte gefunden, und sich ausgebessert hatte, umher, nach den vorüberfliegenden Vögeln, lauernd, und, was er von ihnen treffen konnte, als guten Braten in die Küche liefernd. Brachte er nun seine Beute zurück, so unterließ Undine fast niemals, ihn auszuschelten, daß er den lieben, lustigen Thierchen oben im blauen Luftmeer so feindlich ihr fröhliches Leben stehle; ja sie weinte oftmals bitterlich bei dem Anblicke des todten Geflügels. Kam er aber dann ein andermal wieder heim, und hatte nichts geschossen, so schalt sie ihn nicht minder ernstlich darüber aus, daß man nun um seines Ungeschicks und seiner Nachlässigkeit Willen mit Fischen und Krebsen vorlieb nehmen müsse. Er freute sich allemal herzinniglich auf ihr anmuthiges Zürnen, um so mehr, da sie gewöhnlich nachher ihre üble Laune durch die holdesten Liebkosungen wieder gut zu machen suchte. Die Alten hatten sich in die Vertraulichkeit der beiden jungen Leute gefunden; sie kamen ihnen vor, wie Verlobte, oder gar wie ein Ehepaar, das ihnen zum Beistand im Alter mit auf der abgerissenen Insel wohne. Eben diese Abgeschiedenheit brachte auch den jungen Huldbrand ganz fest auf den Gedanken, er sei bereits Undinens Bräutigam. Ihm war zu Muthe, als gäbe es keine Welt mehr jenseits dieser umgebenden Fluthen, oder als könne man doch nie wieder da hinüber zur Vereinigung mit andern Menschen gelangen; und wenn ihn auch bisweilen sein weidendes Roß anwieherte, wie nach Ritterthaten fragend und mahnend, oder sein Wappenschild ihm von der Stickerei des Sattels und der Pferdedecke ernst entgegenleuchtete, oder sein schönes Schwerdt unversehens vom Nagel, an welchem es in der Hütte hing, herabfiel, im Sturze aus der Scheide gleitend, – so beruhigte er sein zweifelndes Gemüth damit: Undine sei gar keine Fischerstochter, sei vielmehr, aller Wahrscheinlichkeit nach, aus einem wundersamen, hochfürstlichen Hause der Fremde, gebürtig. Nur das war ihm in der Seele zuwider, wenn die alte Frau Undinen in seiner Gegenwart schalt. Das launische Mädchen lachte zwar meist, ohne alles Hehl, ganz ausgelassen darüber; aber ihm war es, als taste man seine Ehre an, und doch wußte er der alten Fischerin nicht Unrecht zu geben, denn Undine verdiente immer zum wenigsten zehnfach so viele Schelte, als sie bekam; daher er denn auch der Hauswirthin im Herzen gewogen blieb, und das ganze Leben seinen stillen, vergnüglichen Gang fürder ging.

Es kam aber doch endlich eine Störung hinein; der Fischer und der Ritter waren nehmlich gewohnt gewesen, beim Mittagsmahle, und auch des Abends, wenn der Wind draussen heulte, wie er es fast immer gegen die Nacht zu thun pflegte, sich mit einander bei einem Kruge Wein zu ergötzen. Nun war aber der ganze Vorrath zu Ende gegangen, den der Fischer früher von der Stadt nach und nach mitgebracht hatte, und die beiden Männer wurden darüber ganz verdrießlich. Undine lachte sie den Tag über wacker aus, ohne daß beide so lustig, wie gewöhnlich, in ihre Scherze einstimmten. Gegen Abend war sie aus der Hütte gegangen: sie sagte, um den zwei langen und langweiligen Gesichtern zu entgehn. Weil es nun in der Dämmerung wieder nach Sturm aussah, und das Wasser bereits heulte und rauschte, sprangen der Ritter und der Fischer erschreckt vor die Thür, um das Mädchen heimzuholen, der Angst jener Nacht gedenkend, wo Huldbrand zum erstenmal in der Hütte gewesen war. Undine aber trat ihnen entgegen, freundlich in ihre Händchen klopfend. Was gebt Ihr mir, wenn ich Euch Wein verschaffe? Oder vielmehr, Ihr braucht mir nichts zu geben, fuhr sie fort, denn ich bin schon zufrieden, wenn Ihr lustiger ausseht, und bessere Einfälle habt, als diesen letzten, langweiligen Tag hindurch. Kommt nur mit; der Waldstrom hat ein Faß an das Ufer getrieben, und ich will verdammt sein, eine ganze Woche lang zu schlafen, wenn es nicht ein Weinfaß ist. – Die Männer folgten ihr nach, und fanden wirklich, an einer umbüschten Bucht des Ufers, ein Faß, welches ihnen Hoffnung gab, als enthalte es den edlen Trank, wonach sie verlangten. Sie wälzten es vor Allem auf's schleunigste in die Hütte, denn ein schweres Wetter zog wieder am Abendhimmel herauf, und man konnte in der Dämmerung bemerken, wie die Wogen des See's ihre weissen Häupter schäumend emporrichteten, als sähen sie sich nach den Regen um, der nun bald auf sie herunterrauschen sollte. Undine half den beiden nach Kräften, und sagte, als das Regenwetter plötzlich allzuschnell herauf heulte, lustig drohend in die schweren Wolken hinein: Du! Du! Hüte Dich, daß Du uns nicht naß machst; wir sind noch lange nicht unter Dach. – Der Alte verwies ihr solches als eine sündhafte Vermessenheit; aber sie kicherte leise vor sich hin, und es widerfuhr auch Niemanden etwas Uebles darum. Vielmehr gelangten alle drei, wider Vermuthen, mit ihrer Beute trocken an den behaglichen Heerd, und erst, als man das Faß geöffnet, und erprobt hatte, daß es einen wundersam trefflichen Wein enthalte, riß sich der Regen aus dem dunkeln Gewölke los, und rauschte der Sturm durch die Wipfel der Bäume und über des See's empörte Wogen hin.

Einige Flaschen waren bald aus dem großen Fasse gefüllt, das für viele Tage Vorrath verhieß, man saß trinkend und scherzend, und heimisch gesichert vor dem tobenden Unwetter, an der Glut des Heerdes beisammen. Da sagte der alte Fischer, und ward plötzlich sehr ernst: ach großer Gott, wir freuen uns hier der edlen Gabe, und der, welchem sie zuerst angehörte, und vom Strome genommen ward, hat wohl gar das liebe Leben drum lassen müssen. – Er wird ja nicht grade! meinte Undine und schenkte dem Ritter lächelnd ein. Der aber sagte: bei meiner höchsten Ehre, alter Vater, wüßt' ich ihn zu finden und zu retten, mich sollte kein Gang in die Nacht hinaus dauern, und keine Gefahr. Soviel aber kann ich Euch versichern, komm' ich je wieder zu bewohntern Landen, so will ich ihn oder seine Erben schon ausfindig machen, und diesen Wein doppelt und dreifach ersetzen. – Das freute den alten Mann; er nickte dem Ritter billigend zu, und trank nun seinen Becher mit besserm Gewissen und Behagen leer. Undine aber sagte zu Huldbranden: mit der Entschädigung und mit Deinem Golde halt' es, wie Du willst. Das aber mit dem Nachlaufen und Suchen war dumm geredet. Ich weinte mir die Augen aus, wenn Du darüber verloren gingst, und nicht wahr, Du möchtest auch lieber bei mir bleiben, und bei dem guten Wein? – Das freilich; entgegnete Huldbrand lächelnd. – Nun, sagte Undine, also hast Du dumm gesprochen. Denn Jeder ist sich doch selbst der Nächste und was gehn Einen die andern Leute an. – Die Hauswirthin wandte sich seufzend und kopfschüttelnd von ihr ab, der Fischer vergaß seiner sonstigen Vorliebe für das zierliche Mägdlein und schalt. Als ob Dich Heiden und Türken erzogen hätten, klingt ja das, schloß er seine Rede; Gott verzeih' es mir, und Dir, Du ungerathnes Kind. – Ja, aber mir ist doch nun einmal so zu Muthe, entgegnete Undine, habe mich erzogen, wer da will, und was können da all' Eure Worte helfen. – Schweig'! fuhr der Fischer sie an, und sie, die ungeachtet ihrer Keckheit doch äusserst schreckhaft war, fuhr zusammen, schmiegte sich zitternd an Huldbrand, und fragte ihn ganz leise: Bist Du auch böse, schöner Freund? Der Ritter drückte ihr die zarte Hand, und streichelte ihre Locken. Sagen konnte er nichts, weil ihm der Aerger über des Alten Härte gegen Undinen die Lippen schloß, und so saßen beide Paare mit einem Male unwillig und im verlegnen Schweigen einander gegenüber.

Sechstes Kapitel.

VON EINER TRAUUNG.

Ein leises Klopfen an die Thür klang durch diese Stille, und erschreckte Alle, die in der Hütte saßen, wie es denn wohl bisweilen zu kommen pflegt, daß auch eine Kleinigkeit, die ganz unvermuthet geschieht, Einem den Sinn recht furchtbarlich aufregen kann. Aber hier kam noch dazu, daß der verrufne Forst sehr nahe lag, und daß die Seespitze für menschliche Besuche jetzt unzugänglich schien. Man sah einander zweifelnd an, das Pochen wiederholte sich, von einem tiefen Aechzen begleitet; der Ritter ging nach seinem Schwerdte. Da sagte aber der alte Mann leise: wenn es das ist, was ich fürchte, hilft uns keine Waffe. – Undine näherte sich indessen der Thür, und rief ganz unwillig und keck: wenn Ihr Unfug treiben wollt, Ihr Erdgeister, so soll Euch Kühleborn was Bessres lehren. – Das Entsetzen der Andern ward durch diese wunderlichen Worte vermehrt, sie sahen das Mädchen scheu an, und Huldbrand wollte sich eben zu einer Frage an sie ermannen, da sagte es von draußen: ich bin kein Erdgeist, wohl aber ein Geist, der noch im irdischen Körper hauset. Wollt Ihr mir helfen, und fürchtet Ihr Gott, Ihr drinnen in der Hütte, so thut mir auf. Undine hatte bei diesen Worten die Thür bereits geöffnet, und leuchtete mit einer Ampel in die stürmige Nacht hinaus, so daß man draußen einen alten Priester wahrnahm, der vor dem unversehnen Anblicke des wunderschönen Mägdleins erschreckt zurücke trat. Er mochte wohl denken, es müsse Spuk und Zauberei mit im Spiele sein, wo ein so herrliches Bild aus einer so niedern

Hüttenpforte erscheine; deshalben fing er an zu beten: alle gute Geister loben Gott den Herrn! – Ich bin kein Gespenst, sagte Undine lächelnd; seh' ich denn so häßlich aus? Zudem könnt Ihr ja wohl merken, daß mich kein frommer Spruch erschreckt. Ich weiß doch auch von Gott, und versteh' ihn auch zu loben; Jedweder auf seine Weise freilich, und dazu hat er uns erschaffen. Tretet herein, ehrwürdiger Vater; Ihr kommt zu guten Leuten.

Der Geistliche kam neigend und umblickend herein, und sahe gar lieb und ehrwürdig aus. Aber das Wasser troff aus allen Falten seines dunkeln Kleides, und aus dem langen weißen Bart und den weißen Locken des Haupthaares. Der Fischer und der Ritter führten ihn in eine Kammer, und gaben ihm andre Kleider, während sie den Weibern die Gewande des Priesters zum Trocknen in das Zimmer reichten. Der fremde Greis dankte auf's demüthigste und freundlichste, aber des Ritters glänzenden Mantel, den ihm dieser entgegenhielt, wollte er auf keine Weise umnehmen; er wählte statt dessen ein altes graues Oberkleid des Fischers. So kamen sie denn in das Gemach zurück, die Hausfrau räumte dem Priester alsbald ihren großen Sessel, und ruhte nicht eher, bis er sich darauf nieder gelassen hatte; denn, sagte sie, Ihr seid alt, und erschöpft, und geistlich obendrein. – Undine schob den Füßen des Fremden ihr kleines Bänkchen unter, worauf sie sonst neben Huldbranden zu sitzen pflegte, und bewies sich überhaupt in der Pflege des guten Alten höchst sittig und anmuthig. Huldbrand flüsterte ihr darüber eine Neckerei in's Ohr, sie aber entgegnete sehr ernst: er dient ja dem, der uns Alle geschaffen hat; damit ist nicht zu spaßen. – Der Ritter und der Fischer labten darauf den Priester mit Speise und Wein, und dieser fing, nachdem er sich etwas erholt hatte, zu erzählen an, wie er Gestern aus seinem Kloster, das fern über den großen Landsee hinaus liege, nach dem Sitze des Bischofs habe reisen sollen, um demselben die Noth kund zu thun, in welche durch die jetzigen wunderbaren Ueberschwemmungen das

Kloster und dessen Zinsdörfer gerathen seien. Da habe er nach langen Umwegen um eben dieser Ueberschwemmungen willen, sich Heute gegen Abend dennoch genöthigt gesehn, einen übergetretnen Arm des See's, mit Hülfe zweier guten Fährleute, zu überschiffen. – Kaum aber, fuhr er fort, hatte unser kleines Fahrzeug die Wellen berührt, so brach auch schon der ungeheure Sturm los, der noch jetzt über unsern Häuptern fortwüthet. Es war, als hätten die Fluthen nur auf uns gewartet, um die allertollsten, strudelndsten Tänze mit uns zu beginnen. Die Ruder waren bald aus meiner Führer Händen gerissen, und trieben zerschmettert auf den Wogen weiter und weiter vor uns hinaus. Wir selbst flogen hülflos und der tauben Naturkraft hingegeben, auf die Höhe des See's, zu Euern fernen Ufern herüber, die wir schon zwischen den Nebeln und Wasserschäumen emporstreben sahen. Da drehte sich endlich der Nachen immer wilder und schwindliger; ich weiß nicht, stürzte er um, stürzte ich heraus. Im dunkeln Aengstigen des nahen, schrecklichen Todes trieb ich weiter, bis mich eine Welle hier unter die Bäume an Eure Insel warf.

Ja, Insel! sagte der Fischer. Vor kurzem war's noch eine Landspitze. Nun aber, seit Waldstrom und See schier toll geworden sind, sieht es ganz anders mit uns aus.

Ich merkte so etwas, sagte der Priester, indem ich im Dunkeln das Wasser entlängst schlich, und, ringsum nur wildes Gebrause antreffend, endlich schaute, wie sich ein betretner Fußpfad grade in das Getos hinein verlor. Nun sahe ich das Licht in Eurer Hütte, und wagte mich hierher, wo ich denn meinem himmlischen Vater nicht genug danken kann, daß er mich nach meiner Rettung aus dem Gewässer auch noch zu so frommen Leuten geführt hat, als zu Euch; und das um so mehr, da ich nicht wissen kann, ob ich außer Euch Vieren noch in diesem Leben andre Menschen wieder zu sehen bekomme.

Wie meint Ihr das? fragte der Fischer.

Wißt Ihr denn, wie lange dieses Treiben der Elemente währen soll? entgegnete der Geistliche. Und ich bin alt an Jahren. Gar leichtlich mag mein Lebensstrom eher versiegend unter die Erde gehn, als die Ueberschwemmung des Waldstromes da draußen. Und überhaupt, es wäre ja nicht unmöglich, daß mehr und mehr des schäumenden Wassers sich zwischen Euch und den jenseitigen Forst drängte, bis Ihr so weit von der übrigen Erde abgerissen würdet, daß Euer Fischerkähnlein nicht mehr hinüber reichte, und die Bewohner des festen Landes in ihren Zerstreuungen Euer Alter gänzlich vergessen.

Die alte Hausfrau fuhr hierüber zusammen, kreuzte sich, und sagte: das verhüte Gott! – Aber der Fischer sahe sie lächelnd an, und sprach: wie doch auch nun der Mensch ist! Es wäre ja dann nicht anders, wenigstens nicht für Dich, liebe Frau, als es nun ist. Bist Du denn seit vielen Jahren weiter gekommen, als an die Gränze des Forstes? Und hast Du andre Menschen gesehn, als Undinen und mich? – Seit Kurzem sind nun noch der Ritter und der Priester zu uns gekommen. Die blieben bei uns, wenn wir zur vergessenen Insel würden; also hättest Du ja den besten Gewinn davon.

Ich weiß nicht, sagte die alte Frau, es wird einem doch unheimlich zu Muthe, wenn man sich's nun so vorstellt, daß man unwiederbringlich von den andern Leuten geschieden wär', ob man sie übrigens auch weder kennt noch sieht.

Du bliebest dann bei uns, Du bliebest dann bei uns! flüsterte Undine ganz leise, halb singend, und schmiegte sich inniger an Huldbrands Seite. Dieser aber war in tiefen und seltsamen Gebilden seines Innern verloren. Die Gegend jenseit des Waldwassers zog sich seit des Priesters letzten Worten immer ferner und dunkler von ihm ab, die blühende Insel, auf welcher er lebte, grünte und lachte immer frischer in sein Gemüth herein. Die Braut glühte als die schönste Rose dieses kleinen Erdstriches und auch der ganzen Welt hervor, der Priester war zur Stelle. Dazu kam noch eben, daß ein zürnender Blick der Hausfrau das schöne Mädchen traf, weil sie sich in Gegenwart des geistlichen Herren so dicht an ihren Liebling lehnte, und es schien, als wolle ein Strom von unerfreulichen Worten folgen. Da brach es aus des Ritters Munde, daß er, gegen den Priester gewandt, sagte: Ihr seht hier ein Brautpaar vor Euch, ehrwürdiger Herr, und wenn dies Mädchen und die guten alten Fischersleute nichts dawider haben, sollt Ihr uns Heute Abend noch zusammengeben.

Die beiden alten Eheleute waren sehr verwundert. Sie hatten zwar bisher oft so etwas gedacht, aber ausgesprochen hatten sie es doch niemals, und wie nun der Ritter dies that, kam es ihnen als etwas ganz Neues und Unerhörtes vor. Undine war plötzlich ernst geworden, und sah tiefsinnig vor sich nieder, während der Priester nach den nähern Umständen fragte, und sich bei den Alten nach ihrer Einwilligung erkundigte. Man kam nach mannigfachem Hin- und Herreden mit einander auf's Reine; die Hausfrau ging, um den jungen Leuten das Brautgemach zu ordnen, und zwei geweihte Kerzen, die sie seit langer Zeit verwahrt hielt, für die Trauungsfeierlichkeit hervorzusuchen. Der Ritter nestelte indeß an seiner goldnen Kette, und wollte zwei Ringe losdrehen, um sie mit der Braut wechseln zu können. Diese aber fuhr, es bemerkend, aus ihrem tiefen Sinnen auf, und sprach: nicht also! Ganz bettelarm haben mich meine Aeltern nicht in die Welt hinein geschickt; vielmehr haben sie gewißlich schon frühe darauf gerechnet, daß ein solcher Abend aufgehn solle. – Damit war sie schnell aus der Thür, und kam gleich darauf mit zwei kostbaren Ringen zurück, deren einen sie ihrem Bräutigam gab, und den andern für sich behielt. Der alte Fischer war ganz erstaunt darüber, und noch mehr die Hausfrau, die eben wieder hereintrat, daß Beide diese Kleinodien noch niemals bei dem Kinde gesehn hatten. – Meine Aeltern, entgegnete Undine, ließen mir diese Dingerchen in das schöne Kleid nähen, das ich grade anhatte, da ich zu Euch kam. Sie verboten mir auch, auf irgend eine Weise Jemandem davon zu sagen vor meinem Hochzeitabend. Da habe ich sie denn also stille heraus getrennt, und verborgen gehalten bis Heute. – Der Priester unterbrach das weitere Fragen und Verwundern, indem er die geweihten Kerzen anzündete, sie auf einen Tisch stellte, und das Brautpaar sich gegenüber treten hieß. Er gab sie sodann mit kurzen, feierlichen, Worten zusammen, die alten Eheleute segneten die jungen, und die Braut lehnte sich leise zitternd und nachdenklich an den Ritter. Da sagte der Priester mit einem Male: ihr Leute seid doch seltsam! Was sagt Ihr mir denn, Ihr wäret die einzigen Menschen hier auf der Insel? Und während der ganzen Trauhandlung sah zu dem Fenster mir gegenüber ein ansehnlicher, langer Mann im weißen Mantel herein. Er muß noch vor der Thüre stehn, wenn Ihr ihn etwan mit in's Haus nöthigen wollt. – Gott bewahre! sagte die Wirthin, zusammenfahrend, der alte Fischer schüttelte schweigend den Kopf, und Huldbrand sprang nach dem Fenster. Es war ihm selbst, als sehe er noch einen weißen Streif, der aber bald im Dunkel gänzlich verschwand. Er redete dem Priester ein, daß er sich durchaus geirrt haben müsse, und man setzte sich vertraulich mitsammen um den Heerd.

Siebentes Kapitel.

WAS SICH WEITER AM HOCHZEITABENDE BEGAB.

Gar sittig und still hatte sich Undine vor und während der Trauung bewiesen, nun aber war es, als schäumten alle die wunderlichen Grillen, welche in ihr hausten, um so dreister und kecklicher auf die Oberfläche hervor. Sie neckte Bräutigam und Pflegeältern und selbst den noch kaum so hochverehrten Priester mit allerhand kindischen Streichen, und als die Wirthin etwas dagegen sagen wollte, brachten diese ein paar ernste Worte des Ritters, worin er Undinen mit großer Bedeutsamkeit seine Hausfrau nannte, zum Schweigen. Ihm selbst indessen, dem Ritter, gefiel Undinens kindisches Bezeigen eben so wenig; aber da half kein Winken und kein Räuspern und keine tadelnde Rede. So oft die Braut ihres Lieblings Unzufriedenheit merkte, – und das geschah einigemal, – ward sie freilich stiller, setzte sich neben ihn, streichelte ihn, flüsterte ihm lächelnd etwas in das Ohr, und glättete so die aufsteigenden Falten seiner Stirn. Aber gleich darauf riß sie irgend ein toller Einfall wieder in das gaukelnde Treiben hinein, und es ging nur ärger, als zuvor. Da sagte der Priester sehr ernsthaft und sehr freundlich: mein anmuthiges junges Mägdlein, man kann Euch zwar nicht ohne Ergötzen ansehn, aber denkt darauf, Eure Seele beizeiten so zu stimmen, daß sie immer die Harmonie zu der Seele Eures angetrauten Bräutigams anklingen lasse. – Seele! lachte ihn Undine an; das klingt recht hübsch, und mag auch für die mehrsten Leute eine gar erbauliche und nutzreiche Regel sein.

Aber wenn nun Eins gar keine Seele hat, bitt' Euch, was soll es denn da stimmen? Und so geht es mir. – Der Priester schwieg tiefverletzt, im frommen Zürnen, und kehrte sein Antlitz wehmüthig von dem Mädchen ab. Sie aber ging schmeichelnd auf ihn zu, und sagte: nein, hört doch erst ordentlich, eh' Ihr böse ausseht, denn Euer Böseaussehn thut mir weh und Ihr müßt doch keiner Creatur weh thun, die Euch ihrer Seits nichts zu Leide gethan hat. Zeigt Euch nur duldsam gegen mich, und ich will's Euch ordentlich sagen, wie ich's meine.

Man sah, sie stellte sich in Bereitschaft, etwas recht ausführliches zu erzählen, aber plötzlich stockte sie, wie von einem innern Schauer ergriffen, und brach in einen reichen Strom der wehmüthigsten Thränen aus. Sie wußten Alle nicht mehr, was sie recht aus ihr machen sollten, und starrten sie in unterschiedlichen Besorgnissen schweigend an. Da sagte sie endlich, sich ihre Thränen abtrocknend, und den Priester ernsthaft ansehend: es muß etwas Liebes, aber auch etwas höchst Furchtbares, um eine Seele sein. Um Gott, mein frommer Mann, wär' es nicht besser, man würde ihrer nie theilhaftig? – Sie schwieg wieder still, wie auf Antwort wartend, ihre Thränen waren gehemmt. Alle in der Hütte hatten sich von ihren Sitzen erhoben, und traten schaudernd vor ihr zurück. Sie aber schien nur für den Geistlichen Augen zu haben, auf ihren Zügen malte sich der Ausdruck einer fürchtenden Neubegier, die eben deshalb den Andern höchst furchtbar vorkam. – Schwer muß die Seele lasten, fuhr sie fort, da ihr noch Niemand antwortete; sehr schwer! Denn schon ihr annahendes Bild überschattet mich mit Angst und Trauer. Und ach, ich war so leicht, so lustig sonst! – Und in einen erneuten Thränenstrom brach sie aus, und schlug das Gewand vor ihrem Antlitze zusammen. Da trat der Priester, ernsten Ansehns, auf sie zu, und sprach sie an, und beschwur sie bei den heiligsten Namen, sie solle die lichte Hülle abwerfen, falls etwas Böses in ihr sei. Sie aber sank vor ihm in die

Knie, alles Fromme wiederholend, was er sprach, und Gott lobend, und betheuernd, sie meine es gut mit der ganzen Welt. Da sagte endlich der Priester zum Ritter: Herr Bräutigam, ich lasse Euch allein mit der, die ich Euch angetraut habe. Soviel ich ergründen kann, ist nichts Uebles an ihr, wohl aber des Wundersamen viel. Ich empfehle Euch Vorsicht, Liebe, und Treue. – Damit ging er hinaus, die Fischersleute folgten ihm, sich bekreuzend.

Undine war auf die Kniee gesunken, sie entschleierte ihr Angesicht, und sagte, scheu nach Huldbranden umblickend: ach, nun willst Du mich gewiß nicht behalten; und hab' ich doch nichts Böses gethan, ich armes, armes Kind! – Sie sah dabei so unendlich anmuthig und rührend aus, daß ihr Bräutigam alles Grauens und aller Räthselhaftigkeit vergaß, zu ihr hineilend, und sie in seinen Armen emporrichtend. Da lächelte sie durch ihre Thränen; es war, als wenn das Morgenroth auf kleinen Bächen spielt. – Du kannst nicht von mir lassen! flüsterte sie vertraulich und sicher, und streichelte mit den zarten Händchen des Ritters Wangen. Dieser wandte sich darüber von den furchtbaren Gedanken ab, die noch im Hintergrunde seiner Seele lauerten, und ihm einreden wollten, er sei an eine Fey, oder sonst ein böslich neckendes Wesen der Geisterwelt, angetraut; nur noch die einzige Frage ging fast unversehns über seine Lippen: liebes Undinchen, sage mir doch das Eine, was war es, das Du von Erdgeistern sprachst, da der Priester an die Thür klopfte, und von Kühleborn? – Mährchen! Kindermährchen! sagte Undine lachend, und ganz wieder in ihrer gewohnten Lustigkeit. Erst hab' ich Euch damit bange gemacht, am Ende habt Ihr's mich. Das ist das Ende vom Liede und vom ganzen Hochzeitabend. – Nein, das ist es nicht, sagte der von Liebe berauschte Ritter, löschte die Kerzen, und trug seine schöne Geliebte unter tausend Küssen, vom Monde, der hell durch die Fenster herein sah, anmuthig beleuchtet, zu der Brautkammer hinein.

Achtes Kapitel.

DER TAG NACH DER HOCHZEIT.

Ein frisches Morgenlicht weckte die jungen Eheleute. Undine verbarg sich schaamhaft unter ihre Decken, und Huldbrand lag still sinnend vor sich hin. So oft er in der Nacht eingeschlafen war, hatten ihn wunderlich grausende Träume verstört, von Gespenstern, die sich heimlich grinzend in schöne Frauen zu verkleiden strebten, von schönen Frauen, die mit einem Male Drachenangesichter bekamen. Und wenn er von den häßlichen Gebilden in die Höhe fuhr, stand das Mondlicht bleich und kalt draußen vor den Fenstern; entsetzt blickte er nach Undinen, an deren Busen er eingeschlafen war, und die in unverwandelter Schönheit und Anmuth neben ihm ruhte. Dann drückte er einen leichten Kuß auf die rosigen Lippen, und schlief wieder ein, um von neuen Schrecken erweckt zu werden. Nachdem er sich nun alles dieses recht im vollen Wachen überlegt hatte, schalt er sich selbst über jedweden Zweifel aus, der ihn an seiner schönen Frau hatte irre machen können. Er bat ihr auch sein Unrecht mit klaren Worten ab, sie aber reichte ihm nur die schöne Hand, seufzte aus tiefem Herzen, und blieb still. Aber ein unendlich inniger Blick aus ihren Augen, wie er ihn noch nie gesehn hatte, ließ ihm keinen Zweifel, daß Undine von keinem Unwillen gegen ihn wisse. Er stand dann heiter auf, und ging zu den Hausgenossen in das gemeinsame Zimmer vor. Die Dreie saßen mit besorglichen Mienen um den Heerd, ohne daß sich Einer getraut hätte, seine Worte laut werden zu laßen. Es sahe aus, als bete der Priester in seinem Innern um Abwendung alles Uebels. Da man nun aber den jungen Ehemann so vergnügt hervorgehn sah, glätteten sich auch die Falten in den übrigen Angesichtern; ja, der alte Fischer fing an, mit dem Ritter zu scherzen, auf eine recht sittige, ehrbare Weise, so daß selbst die alte Hausfrau ganz freundlich dazu lächelte. Darüber war endlich Undine auch fertig geworden, und trat nun in die Thür; Alle wollten ihr entgegen gehn, und Alle blieben voll Verwunderung stehen, so fremd kam ihnen die junge Frau vor, und doch so wohlbekannt. Der Priester schritt zuerst mit Vaterliebe in den leuchtenden Blicken auf sie zu, und wie er die Hand zum Seegnen emporhob, sank das schöne Weib andächtig schauernd vor ihm in die Kniee. Sie bat ihn darauf mit einigen freundlich demüthigen Worten wegen des Thörichten, das sie Gestern gesprochen haben möge, um Verzeihung, und ersuchte ihn mit sehr bewegtem Tone, daß er für das Heil ihrer Seele beten wolle. Dann erhob sie sich, küßte ihre Pflegeältern, und sagte, für alles genossene Gute dankend: o jetzt fühle ich es im innersten Herzen, wie viel, wie unendlich viel, Ihr für mich gethan habt, Ihr lieben, lieben Leute! – Sie konnte erst gar nicht wieder von ihren Liebkosungen abbrechen, aber kaum gewahrte sie, daß die Hausfrau nach dem Frühstücke hinsah, so stand sie auch bereits am Heerde, kochte und ordnete an, und litt nicht, daß die gute alte Mutter auch nur die geringste Mühwaltung über sich nahm.

Sie blieb den ganzen Tag lang so; still, freundlich und achtsam, ein Hausmütterlein, und ein zart verschämtes, jungfräuliches Wesen zugleich. Die Dreie, welche sie schon länger kannten, dachten in jedem Augenblick irgend ein wunderliches Wechselspiel ihres launischen Sinnes hervorbrechen zu sehn. Aber sie warteten vergebens darauf. Undine blieb engelmild und sanft. Der Priester konnte seine Augen gar nicht von ihr wegwenden, und sagte mehrere Male zum Bräutigam: Herr, einen Schatz hat Euch Gestern die himmlische Güte durch mich Unwürdigen anvertraut; wahrt ihn, wie es sich gebührt, so wird er Euer ewiges und zeitliches Heil befördern.

Gegen Abend hing sich Undine mit demüthiger Zärtlichkeit an des Ritters Arm, und zog ihn sanft vor die Thür hinaus, wo die sinkende Sonne anmuthig über den frischen Gräsern und um die hohen, schlanken Baumstämme leuchtete. In den Augen der jungen Frau schwamm es, wie Thau der Wehmuth und der Liebe, auf ihren Lippen schwebte es, wie ein zartes, besorgliches Geheimniß, das sich aber nur in kaum vernehmlichen Seufzern kund gab. Sie führte ihren Liebling schweigend immer weiter mit sich fort; was er sagte, beantwortete sie nur mit Blicken, in denen zwar keine unmittelbare Auskunft auf seine Fragen, wohl aber ein ganzer Himmel der Liebe und schüchternen Ergebenheit lag. So gelangte sie an das Ufer des übergetretnen Waldstroms, und der Ritter erstaunte, diesen in leisen Wellen verrinnend dahin rieseln zu sehn, so daß keine Spur seiner vorigen Wildheit und Fülle mehr anzutreffen war. – Bis Morgen wird er ganz versiegt sein, sagte die schöne Frau weinerlich, und Du kannst dann ohne Widerspruch reisen, wohinaus Du willst. – Nicht ohne Dich, Undinchen, entgegnete der lachende Ritter; denke doch, wenn ich auch Lust hätte, auszureisen, so müßte ja Kirche und Geistlichkeit und Kaiser und Reich drein schlagen, und Dir den Flüchtling wiederbringen. – Kommt Alles auf Dich an, kommt Alles auf Dich an; flüsterte die Kleine, halb weinend halb lächelnd. Ich denke aber doch, Du wirst mich wohl behalten; ich bin Dir ja gar zu innig gut. Trage mich nun hinüber auf die kleine Insel, die vor uns liegt. Da soll sich's entscheiden. Ich könnte wohl leichtlich selbst durch die Wellchen schlüpfen, aber in Deinen Armen ruht sich's so gut, und verstößest Du mich, so hab' ich doch noch zum letztenmale anmuthig darin geruht. – Huldbrand, voll von einer seltsamen Bangigkeit und Rührung, wußte ihr nichts zu erwiedern. Er nahm sie in seine Arme, und trug sie hinüber, sich nun erst besinnend, daß es dieselbe kleine Insel war, von wo er sie in jener ersten Nacht dem alten Fischer zurückgetragen hatte. Jenseits ließ er sie in das weiche Gras nieder, und wollte sich schmeichelnd neben seine schöne Bürde setzen; sie aber sagte: nein dorthin, mir gegenüber. Ich will in Deinen Augen lesen, noch ehe Deine Lippen sprechen: Höre nun recht achtsam zu, was ich Dir erzählen will. Und sie begann.

Du sollst wissen, mein süßer Liebling, daß es in den Elementen Wesen giebt, die fast aussehen, wie Ihr, und sich doch nur selten vor Euch blicken lassen. In den Flammen glitzern und spielen die wunderlichen Salamander, in der Erden tief hausen die dürren, tückischen Gnomen, durch die Wälder streifen die Waldleute, die der Luft angehören, und in den Seen und Strömen und Bächen lebt der Wassergeister ausgebreitetes Geschlecht. In klingenden Krystallgewölben, durch die der Himmel mit Sonn' und Sternen hereinsieht, wohnt sich's schön; hohe Korallenbäume mit blau und rothen Früchten leuchten in den Gärten; über reinlichen Meeressand wandelt man, und über schöne, bunte Muscheln, und was die alte Welt des also Schönen besaß, daß die heutige nicht mehr sich dran zu freuen würdig ist, das überzogen die Fluthen mit ihren heimlichen Silberschleiern, und unten prangen nun die edlen Denkmale, hoch und ernst, und anmuthig bethaut vom liebenden Gewässer, das aus ihnen schöne Moosblumen und kränzende Schilfbüschel hervorlockt. Die aber dorten wohnen, sind gar hold und lieblich anzuschauen, meist schöner, als die Menschen sind. Manch einem Fischer ward es schon so gut, ein zartes Wasserweib zu belauschen, wie sie über die Fluthen hervorstieg und sang. Der erzählte dann von ihrer Schöne weiter, und solche wundersame Frauen werden von den Menschen Undinen genannt. Du aber siehst jetzt wirklich eine Undine, lieber Freund.

Der Ritter wollte sich einreden, seiner schönen Frau sei irgend eine ihrer seltsamen Launen wach geworden, und sie finde ihre Lust daran, ihn mit bunt erdachten Geschichten zu necken. Aber so sehr er sich dies auch vorsagte, konnte er doch keinen Augenblick daran glauben; ein seltsamer Schauder zog durch sein Innres;

unfähig ein Wort hervorzubringen, starrte er unverwandten Auges die holde Erzählerin an. Diese schüttelte betrübt den Kopf, seufzte aus vollem Herzen, und fuhr alsdann folgendermaaßen fort.

Wir wären weit besser daran, als Ihr andern Menschen; – denn Menschen nennen wir uns auch, wie wir es denn der Bildung und dem Leibe nach sind; – aber es ist ein gar Uebles dabei. Wir, und unsres Gleichen in den andern Elementen, wir verstieben und vergehn mit Geist und Leib, daß keine Spur von uns rückbleibt, und wenn Ihr Andern dermaleinst zu einem reinern Leben erwacht, sind wir geblieben, wo Sand und Funk' und Wind und Welle blieb. Darum haben wir auch keine Seelen; das Element bewegt uns, gehorcht uns oft, so lange wir leben, zerstäubt uns immer, so bald wir sterben, und wir sind lustig, ohne uns irgend zu grämen, wie es die Nachtigallen und Goldfischlein und andre hübsche Kinder der Natur ja gleichfalls sind. Aber Alles will höher, als es steht. So wollte mein Vater, der ein mächtiger Wasserfürst im mittelländischen Meere ist, seine einzige Tochter solle einer Seele theilhaftig werden, und müsse sie darüber auch viele Leiden der beseelten Leute bestehn. Eine Seele aber kann unsres Gleichen nur durch den innigsten Verein der Liebe mit Einem Eures Geschlechtes gewinnen. Nun bin ich beseelt, Dir dank' ich die Seele, o Du unaussprechlich Geliebter, und Dir werd' ich es danken, wenn Du mich nicht mein ganzes Leben hindurch elend machst. Denn was soll aus mir werden, wenn Du mich scheuest und mich verstößest? Durch Trug aber mogt' ich Dich nicht behalten. Und willst Du mich verstoßen, so thu' es nun, so geh' allein an's Ufer zurück. Ich tauche mich in diesen Bach, der mein Oheim ist, und hier im Walde sein wunderliches Einsiedlerleben, von den übrigen Freunden entfernet, führt. Er ist aber mächtig, und vielen großen Strömen werth und theuer, und wie er mich herführte zu den Fischern, mich leichtes und lachendes Kind, wird er mich auch wieder heimführen zu den Aeltern, mich beseelte, liebende, leidende Frau.

Sie wollte noch mehr sagen, aber Huldbrand umfaßte sie voll der innigsten Rührung und Liebe, und trug sie wieder an's Ufer zurück. Hier erst schwur er unter Thränen und Küssen, sein holdes Weib niemals zu verlassen, und pries sich glücklicher, als den Griechischen Bildner Pygmalion, welchem Frau Venus seinen schönen Stein zur Geliebten belebt habe. Im süßen Vertrauen wandelte Undine an seinem Arme nach der Hütte zurück, und empfand nun erst von ganzem Herzen, wie wenig sie die verlassenen Krystallpaläste ihres wundersamen Vaters bedauern dürfe.

Neuntes Kapitel.

WIE DER RITTER SEINE JUNGE FRAU MIT SICH FÜHRTE.

Als Huldbrand am andern Morgen vom Schlaf erwachte, fehlte seine schöne Genossin an seiner Seiten, und er fing schon an, wieder den wunderlichen Gedanken nachzuhängen, die ihm seine Ehe und die reizende Undine selbst als ein flüchtiges Blendwerk und Gaukelspiel vorstellen wollten. Aber da trat sie eben zur Thür herein, küßte ihn, setzte sich zu ihm auf's Bett, und sagte: ich bin etwas früh hinaus gewesen, um zu sehn, ob der Oheim Wort halte. Er hat schon alle Fluthen wieder in sein stilles Bett zurücke gelenkt, und rinnt nun nach wie vor einsiedlerisch und sinnend durch den Wald. Seine Freunde in Wasser und Luft haben sich auch zur Ruhe gegeben; es wird wieder Alles ordentlich und ruhig in diesen Gegenden zugehen, und Du kannst trocknen Fußes heim reisen, sobald Du willst. – Es war Huldbranden zu Muthe, als träume er wachend fort, so wenig konnte er sich in die seltsame Verwandtschaft seiner Frau finden. Dennoch ließ er sich nichts merken, und die unendliche Anmuth des holden Weibes wiegte auch bald jedwede unheimliche Ahnung zur Ruhe. – Als er nach einer Weile mit ihr vor der Thür stand, und die grünende Seespitze mit ihren klaren Wassergränzen überschaute, ward es ihm so wohl in dieser Wiege seiner Liebe, daß er sagte: was sollen wir denn auch Heute schon reisen? Wir finden wohl keine vergnügtern Tage in der Welt haußen, als wir sie an diesem heimlichen Schutzörtlein verlebten. Laß' uns immer noch zwei oder dreimal die Sonne hier untergehn sehn. – Wie mein Herr es gebeut, entgegnete Undine in freundlicher Demuth. Es ist nur, daß sich die alten Leute ohnehin schon mit Schmerzen von mir trennen werden, und wenn sie nun erst die treue Seele in mir spüren, und wie ich jetzt innig lieben und ehren kann, bricht ihnen wohl gar vor vielen Thränen das schwache Augenlicht. Noch halten sie meine Stille und Frömmigkeit für nichts Besseres, als es sonst in mir bedeutete, für die Ruhe des See's, wenn eben die Luft still ist, und sie werden sich nun eben so gut einem Bäumchen oder Blümlein befreunden lernen, als mir. Laß' mich ihnen dies neugeschenkte, von Liebe wallende Herz nicht kund geben, in Augenblicken, wo sie es für diese Erde verlieren sollen, und wie könnt' ich es bergen, blieben wir länger zusammen? –

Huldbrand gab ihr Recht; er ging zu den Alten, und besprach die Reise mit ihnen, die noch in dieser Stunde vor sich gehen sollte. Der Priester bot sich den beiden jungen Eheleuten zum Begleiter an, er und der Ritter hoben nach kurzem Abschied die schöne Frau auf's Pferd, und schritten mit ihr über das ausgetrocknete Bette des Waldstroms eilig dem Forste zu. Undine weinte still, aber bitterlich, die alten Leute klagten ihr laut nach. Es schien, als seie diesen eine Ahnung aufgegangen, von dem, was sie eben jetzt an der holden Pflegetochter verloren.

Die drei Reisenden waren schweigend in die dichtesten Schatten des Waldes gelangt. Es mochte hübsch anzusehen sein, in dem grünen Blättersaal, wie die schöne Frauengestalt auf dem edlen, zierlich geschmückten Pferde saß, und von einer Seite der ehrwürdige Priester in seiner weißen Ordenstracht, von der andern der blühende junge Ritter in bunten hellen Kleidern, mit seinem prächtigen Schwerdte umgürtet, achtsam beiher schritten. Huldbrand hatte nur Augen für sein holdes Weib; Undine, die ihre lieben Thränen getrocknet hatte, nur Augen für ihn, und sie geriethen bald in ein stilles, lautloses Gespräch mit Blicken und Winken, aus dem sie erst spät durch ein leises Reden erweckt wurden, welches der Priester mit einem vierten Reisegesellschafter hielt, der indeß unbemerkt zu ihnen gekommen war.

Er trug ein weißes Kleid, fast wie des Priesters Ordenshabit, nur daß ihm die Kappe ganz tief in's Gesicht hereinhing, und das Ganze in so weiten Falten um ihn herflog, daß er alle Augenblicke mit Aufraffen und über den Arm schlagen oder sonst dergleichen Anordnungen zu thun hatte, ohne daß er doch dadurch im geringsten im Gehen behindert schien. Als die jungen Eheleute seiner gewahr wurden, sagte er eben: und so wohn' ich denn schon seit vielen Jahren hier im Walde, mein ehrwürdiger Herr, ohne daß man mich Eurem Sinne nach einen Eremiten nennen könnte. Denn, wie gesagt, von Buße weiß ich nichts, und glaube sie auch nicht sonderlich zu bedürfen. Ich habe nur deswegen den Wald so lieb, weil es sich auf eine ganz eigne Weise hübsch ausnimmt und mir Spaß macht, wenn ich in meinen flatternden weißen Kleidern durch die finstern Schatten und Blätter hingehe, und dann bisweilen ein süßer Sonnenstrahl unvermuthet auf mich herunter blitzt. – Ihr seid ein höchst seltsamer Mann, entgegnete der Priester, und ich möchte wohl nähere Kunde von Euch haben. – Und wer seid Ihr denn, von Einem auf's Andre zu kommen? fragte der Fremde. Sie nennen mich den Pater Heilmann, sprach der Geistliche, und ich komme aus Kloster Mariagruß von jenseit des Sees. – So, so; antwortete der Fremde. Ich heiße Kühleborn, und wenn es auf Höflichkeit ankommt, könnte man mich auch wohl eben so gut Herr von Kühleborn betiteln, oder Freiherr von Kühleborn; denn frei bin ich, wie der Vogel im Walde, und wohl noch ein Bischen drüber. Zum Exempel, jetzt hab' ich der jungen Frau dorten etwas zu erzählen. – Und ehe man sich's versah, war er auf der andern Seite des Priesters, dicht neben Undinen, und reckte sich hoch in die Höhe, um ihr etwas in's Ohr zu flüstern. Sie aber wandte sich erschrocken ab, sagend: ich habe nichts mit Euch mehr zu schaffen. – Hoho, lachte der Fremde, was für eine ungeheuer vornehme

Heirath habt Ihr denn gethan, daß Ihr Eure Verwandten nicht mehr kennt? Wißt Ihr denn nicht vom Oheim Kühleborn, der Euch auf seinem Rücken so treu in diese Gegend trug? – Ich bitte Euch aber, entgegnete Undine, daß Ihr Euch nicht wieder vor mir sehn laßt. Jetzt fürcht' ich Euch; und soll mein Mann mich scheuen lernen, wenn er mich in so seltsamer Gesellschaft und Verwandtschaft sieht? – Nichtchen, sagte Kühleborn, Ihr müßt nicht vergessen, daß ich hier zum Geleiter bei Euch bin; die spukenden Erdgeister möchten sonst dummen Spaß mit Euch treiben. Laßt mich also doch immer ruhig mitgehn; der alte Priester dort wußte sich übrigens meiner besser zu erinnern, als Ihr es zu thun scheint, denn er versicherte vorhin, ich käme ihm sehr bekannt vor und ich müsse wohl mit im Nachen gewesen sein, auf dem er in's Wasser fiel. Das war ich auch freilich, denn ich war just die Wasserhose, die ihn herausriß, und schwemmte ihn hernach zu Deiner Trauung vollends an's Land.

Undine und der Ritter sahen nach Pater Heilmann; der aber schien in einem wandelnden Traume fortzugehn, und von Allem, was gesprochen ward, nichts mehr zu vernehmen. Da sagte Undine zu Kühleborn: ich sehe dort schon das Ende des Waldes. Wir brauchen Eurer Hülfe nicht mehr, und nichts macht uns Grauen als Ihr. Drum bitt' Euch in Lieb' und Güte, verschwindet, und laßt uns in Frieden ziehn. – Darüber schien Kühleborn unwillig zu werden; er zog ein häßliches Gesicht, und grinzte Undinen an, die laut aufschrie, und ihren Freund zu Hülfe rief. Wie ein Blitz war der Ritter um das Pferd herum, und schwang die scharfe Klinge gegen Kühleborns Haupt. Aber er hieb in einen Wasserfall, der von einer hohen Klippe neben ihnen herabschäumte, und sie plötzlich mit einem Geplätscher, das beinahe wie Lachen klang, übergoß, und bis auf die Haut durchnetzte. Der Priester sagte, wie plötzlich erwachend: das hab' ich lange gedacht, weil der Bach so dicht auf der Anhöhe neben uns herlief. Anfangs wollt' er mir gar vorkommen, als wär' er ein Mensch und könne sprechen. – In Huldbrands Ohr rauschte der Wasserfall ganz vernehmlich diese Worte: rascher Ritter, rüst'ger Ritter, ich zürne nicht, ich zanke nicht; schirm' nur Dein reizend Weiblein stets so gut, Du Ritter rüstig, Du rasches Blut!

Nach wenigen Schritten waren sie im Freien. Die Reichsstadt lag glänzend vor ihnen, und die Abendsonne, welche deren Thürme vergoldete, trocknete freundlich die Kleider der durchnäßten Wandrer.

Zehntes Kapitel.

WIE SIE IN DER STADT LEBTEN.

Daß der junge Ritter Huldbrand von Ringstetten so plötzlich vermißt worden war, hatte großes Aufsehen in der Reichsstadt erregt, und Bekümmerniß bei den Leuten, die ihn allesamt wegen seiner Gewandheit bei Turnier und Tanz, wie auch wegen seiner milden, freundlichen Sitten, lieb gewonnen hatten. Seine Diener wollten nicht ohne ihren Herrn von dem Orte wieder weg, ohne daß doch Einer den Muth gefaßt hätte, ihm in die Schatten des gefürchteten Forstes nachzureiten. Sie blieben also in ihrer Herberge, unthätig hoffend, wie es die Menschen zu thun pflegen, und durch ihre Klagen das Andenken des Verlornen lebendig erhalten. Wie nun bald darauf die großen Unwetter und Ueberschwemmungen merkbarer wurden, zweifelte man um so minder an dem gewissen Untergange des schönen Fremden, den auch Bertalda ganz unverholen betrauerte, und sich selbst verwünschte, daß sie ihn zu dem unseeligen Ritte nach dem Walde gelockt habe. Ihre herzoglichen Pflegeältern waren gekommen, sie abzuholen, aber Bertalda bewog sie, mit ihr zu bleiben, bis man gewisse Nachricht von Huldbrands Leben oder Tod einziehe. Sie suchte verschiedne junge Ritter, die emsig um sie warben, zu bewegen, daß sie dem edlen Abentheurer in den Forst nachziehn möchten. Aber ihre Hand mochte sie nicht zum Preise des Wagestücks ausstellen, weil sie vielleicht noch immer hoffte, dem Wiederkehrenden angehören zu können, und um Handschuh oder Band, oder auch selbst um einen Kuß, wollte Niemand sein Leben dran setzen, einen so gar gefährlichen Nebenbuhler zurück zu holen.

Nun, da Huldbrand unerwartet und plötzlich erschien, freuten sich Diener und Stadtbewohner, und überhaupt fast alle Leute, nur Bertalda eben nicht, denn wenn es den Andern auch ganz lieb war, daß er eine so wunderschöne Frau mitbrachte, und den Pater Heilmann als Zeugen der Trauung, so konnte doch Bertalda nicht anders, als sich deshalb betrüben. Erstlich hatte sie den jungen Rittersmann wirklich von ganzer Seele lieb gewonnen, und dann war durch ihre Trauer über sein Wegbleiben den Augen der Menschen weit mehr davon kund geworden, als sich nun eben schicken wollte. Sie that deswegen aber doch immer, als ein kluges Weib, fand sich in die Umstände, und lebte auf's allerfreundlichste mit Undinen, die man in der ganzen Stadt für eine Prinzessin hielt, welche Huldbrand im Walde von irgend einem bösen Zauber erlöst habe. Wenn man sie selbst oder ihren Eheherrn darüber befragte, wußten sie zu schweigen, oder geschickt auszuweichen, des Vater Heilmanns Lippen waren für jedes eitle Geschwätz versiegelt, und ohnehin war er gleich nach Huldbrands Ankunft wieder in sein Kloster zurückgegangen, so daß sich die Leute mit ihren seltsamen Muthmaßungen behelfen mußten, und auch selbst Bertalda nicht mehr als jeder Andre von der Wahrheit erfuhr.

Undine gewann übrigens dies anmuthige Mädchen mit jedem Tage lieber. – Wir müssen uns einander schon eher gekannt haben, pflegte sie ihr öfters zu sagen, oder es muß sonst irgend eine wundersame Beziehung unter uns geben, denn so ganz ohne Ursach, versteht mich, ohne tiefe, geheime Ursach, gewinnt man ein Andres nicht so lieb, als ich Euch gleich vom ersten Anblicke her gewann. – Und auch Bertalda konnte sich nicht ableugnen, daß sie einen Zug der Vertraulichkeit und Liebe zu Undinen empfinde, wie sehr sie übrigens meinte, Ursach zu den bittersten Klagen über diese glückliche Nebenbuhlerin zu haben. In dieser gegenseitigen

Neigung wußte die Eine bei ihren Pflegeältern, die Andre bei ihrem Ehegatten, den Tag der Abreise weiter und weiter hinaus zu schieben; ja, es war schon die Rede davon gewesen, Bertalda solle Undinen auf einige Zeit nach Burg Ringstetten an die Quellen der Donau begleiten.

Sie sprachen auch einmal eines schönen Abends davon, als sie eben bei Sternenschein auf dem mit hohen Bäumen eingefaßten Markte der Reichsstadt umherwandelten. Die beiden jungen Eheleute hatten Bertalden noch spät zu einem Spatziergange abgeholt, und alle Drei zogen vertraulich unter dem tiefblauen Himmel auf und ab, oftmals in ihren Gesprächen durch die Bewunderung unterbrochen, die sie dem kostbaren Springborn in der Mitte des Platzes, und seinem wundersamen Rauschen und Sprudeln, zollen mußten. Es war ihnen so lieb und heimlich zu Sinn; zwischen die Baumschatten durch stahlen sich die Lichtschimmer der nahen Häuser, ein stilles Gesumse von spielenden Kindern und andern lustwandelnden Menschen wogte um sie her; man war so allein und doch so freundlich in der heitern, lebendigen Welt mitten inne; was bei Tage Schwierigkeit geschienen hatte, das ebnete sich nun wie von selber, und die drei Freunde konnten gar nicht mehr begreifen, warum wegen Bertaldas Mitreise auch nur die geringste Bedenklichkeit habe obwalten mögen. Da kam, als sie eben den Tag ihrer gemeinschaftlichen Abfahrt bestimmen wollten, ein langer Mann von der Mitte des Marktplatzes her auf sie zugegangen, neigte sich ehrerbietig vor der Gesellschaft, und sagte der jungen Frau etwas in's Ohr. Sie trat, unzufrieden über die Störung und über den Störer, einige Schritte mit dem Fremden zur Seite, und Beide begannen mit einander zu flüstern, es schien, in einer fremden Sprache. Huldbrand glaubte den seltsamen Mann zu kennen, und sah so starr auf ihn hin, daß er Bertaldens staunende Fragen weder hörte noch beantwortete. Mit einem Male klopfte Undine freudig in die Hände, und ließ den Fremden lachend stehn, der sich mit vielem Kopfschütteln und hastigen, unzufriedenen Schritten entfernte, und in den Brunnen hineinstieg. Nun glaubte Huldbrand seiner Sache ganz gewiß zu sein, Bertalda aber fragte: was wollte Dir denn der Brunnenmeister, liebe Undine? – Die junge Frau lachte heimlich in sich hinein, und erwiederte: Uebermorgen, auf Deinen Namenstag sollst Du's erfahren, Du liebliches Kind. – Und weiter war nichts aus ihr herauszubringen. Sie lud nur Bertalden und durch sie ihre Pflegeältern an dem bestimmten Tage zur Mittagstafel, und man ging bald darauf auseinander.

Kühleborn? – fragte Huldbrand mit einem geheimen Schauder seine schöne Gattin, als sie von Bertalda Abschied genommen hatten, und nun allein durch die dunkler werdenden Gassen zu Haus gingen. – Ja, er war es, antwortete Undine, und er wollte mir auch allerhand dummes Zeug vorsprechen! Aber mitten darin hat er mich, ganz gegen seine Absicht, mit einer höchst willkommenen Botschaft erfreut. Willst Du diese nun gleich wissen, mein holder Herr und Gemahl, so brauchst Du nur zu gebieten, und ich spreche mir alles vom Herzen los. Wolltest Du aber Deiner Undine eine recht, recht große Freude gönnen, so ließest Du es bis Uebermorgen, und hättest dann auch an der Ueberraschung Dein Theil.

Der Ritter gewährte seiner Gattin gern, worum sie so anmuthig bat, und noch im Entschlummern lispelte sie lächelnd vor sich hin: was sie sich freuen wird, und sich wundern über ihres Brunnenmeisters Botschaft, die liebe, liebe Bertalda!

Eilftes Kapitel.

BERTALDAS NAMENSFEIER.

Die Gesellschaft saß bei Tafel, Bertalda, mit Kleinodien und Blumen, den mannigfachen Geschenken ihrer Pflegeältern und Freunde, geschmückt, wie eine Frühlingsgöttin, oben an, zu ihren Seiten Undine und Huldbrand. Als das reiche Mahl zu Ende ging, und man den Nachtisch auftrug, blieben die Thüren offen; nach alter, guter Sitte in Deutschen Landen, damit auch das Volk zusehen könne, und sich an der Lustigkeit der Herrschaften mitfreuen. Bediente trugen Wein und Kuchen unter den Zuschauern herum. Huldbrand und Bertalda warteten mit heimlicher Ungeduld auf die versprochne Erklärung, und verwandten, so sehr es sich thun ließ, kein Auge von Undinen. Aber die schöne Frau blieb noch immer still, und lächelte nur heimlich und innig froh vor sich hin. Wer um ihre gethane Verheissung wußte, konnte sehn, daß sie ihr erquickendes Geheimniß alle Augenblick verrathen wollte, und es doch noch immer in lüsterner Entsagung zurücklegte, wie es Kinder bisweilen mit ihren liebsten Lekkerbissen thun. Bertalda und Huldbrand theilten dies wonnige Gefühl, in hoffender Bangigkeit das neue Glück erwartend, welches von ihrer Freundin Lippen auf sie hernieder thauen sollte. Da baten verschiedne von der Gesellschaft Undinen um ein Lied. Es schien ihr gelegen zu kommen, sie ließ sich sogleich ihre Laute bringen, und sang folgende Worte:

Morgen so hell,
Blumen so bunt,
Gräser so duftig und hoch
An wallenden See's Gestade!
Was zwischen den Gräsern
Schimmert so licht?
Ist's eine Blüthe weiß und groß,
Vom Himmel gefallen in Wiesenschooß?
Ach, ist ein zartes Kind! –
Unbewußt mit Blumen tändelt's,
Faßt nach goldnen Morgenlichtern; –
O woher? Woher, Du Holdes? –
Fern vom unbekannten Strande
Trug es hier der See heran; –
Nein fasse nicht, Du zartes Leben,
Mit Deiner kleinen Hand herum;
Nicht Hand wird Dir zurückgegeben,
Die Blumen sind so fremd und stumm.
Die wissen wohl sich schön zu schmücken,
Zu duften auch nach Herzenslust,
Doch keine mag Dich an sich drücken,
Fern ist die traute Mutterbrust.
So früh' noch an des Lebens Thoren,
Noch Himmelslächeln im Gesicht,
Hast Du das Beste schon verloren,
O armes Kind, und weißt es nicht.
Ein edler Herzog kommt geritten,
Und hemmt vor Dir des Rosses Lauf;
Zu hoher Kunst und reinen Sitten
Zieht er in seiner Burg Dich auf.
Du hast unendlich viel gewonnen,
Du blühst, die Schönst' im ganzen Land,

Doch ach! die allerbesten Wonnen
Ließ'st Du am unbekannten Strand.

Undine senkte mit einem wehmüthigen Lächeln ihre Laute; die Augen der herzoglichen Pflegältern Bertaldens standen voller Thränen. – So war es am Morgen, wo ich Dich fand, Du arme holde Waise, sagte der Herzog tiefbewegt; die schöne Sängerin hat wohl Recht; das Beste haben wir Dir dennoch nicht zu geben vermocht. –

Wir müssen aber auch hören, wie es den armen Aeltern ergangen ist, sagte Undine, schlug die Saiten, und sang:

Mutter geht durch ihre Kammern
Räumt die Schränke ein und aus,
Sucht, und weiß nicht was, mit Jammern,
Findet nichts, als leeres Haus.

Leeres Haus! O Wort der Klage,
Dem, der einst ein holdes Kind
Drin gegängelt hat am Tage,
Drin gewiegt in Nächten lind.

Wieder grünen wohl die Buchen,
Wieder kommt der Sonne Licht,
Aber, Mutter, laß' Dein Suchen,
Wieder kommt Dein Liebes nicht.

Und wenn Abendlüfte fächeln,
Vater heim zum Heerde kehrt,
Regt sich's fast in ihm, wie Lächeln
Dran doch gleich die Thräne zehrt.

Vater weiß, in seinen Zimmern
Findet er die Todesruh,
Hört nur bleicher Mutter Wimmern,
Und kein Kindlein lacht ihm zu.

O, um Gott, Undine, wo sind meine Aeltern? rief die weinende Bertalda. Du weißt es gewiß, Du hast es erfahren, Du wundersame Frau, denn sonst hättest Du mir das Herz nicht so zerrissen. Sind sie vielleicht schon hier? Wär' es? – Ihr Auge durchflog die glänzende Gesellschaft, und weilte auf einer regierenden Herrin, die ihrem Pflegevater zunächst saß. Da beugte sich Undine nach der Thür zurück, ihre Augen flossen in der süssesten Rührung über. – Wo sind denn die armen, harrenden Aeltern? fragte sie, und der alte Fischer mit seiner Frau wankten aus dem Haufen der Zuschauer vor. Ihre Augen hingen fragend bald an Undinen, bald an dem schönen Fräulein, das ihre Tochter sein sollte. – Sie ist es! stammelte die entzückte Geberin, und die zwei alten Leute hingen lautweinend und Gott preisend an dem Halse der Wiedergefundnen.

Aber entsetzt und zürnend riß sich Bertalda aus ihrer Umarmung los. Es war zu viel für dieses stolze Gemüth, eine solche Wiedererkennung, in dem Augenblicke, wo sie fest gemeint hatte, ihren bisherigen Glanz noch zu steigern, und die Hoffnung Thronhimmel und Kronen über ihr Haupt herunter regnen ließ. Es kam ihr vor, als habe ihre Nebenbuhlerin dies Alles ersonnen, um sie nur recht ausgesucht vor Huldbranden und aller Welt zu demüthigen. Sie schalt Undinen, sie schalt die beiden Alten, die häßlichen Worte: Betrügerin und erkauftes Volk! rissen sich von ihren Lippen. Da sagte die alte Fischerfrau nur ganz leise vor sich hin: ach Gott, sie ist ein böses Weibsbild geworden; und dennoch fühl' ich's im Herzen, daß sie von mir geboren ist. – Der alte Fischer aber hatte seine Hände gefaltet, und betete still, daß die hier seine

Tochter nicht sein möge. – Undine wankte todesbleich von den Aeltern zu Bertalden, von Bertalden zu den Aeltern, plötzlich aus all' den Himmeln, die sie sich geträumt hatte, in eine Angst und ein Entsetzen gestürtzt, das ihr bisher auch nicht im Traume kund geworden war. Hast Du denn eine Seele? Hast Du denn wirklich eine Seele, Bertalda? schrie sie einigemale in ihre zürnende Freundin hinein, als wolle sie sie aus einem plötzlichen Wahnsinn oder einem tollmachenden Nachtgesichte gewaltsam zur Besinnung bringen. Als aber Bertalda nur immer noch ungestümer wüthete, als die verstoßenen Aeltern laut zu heulen anfingen, und die Gesellschaft sich streitend und eifernd in verschiedne Parten theilte, erbat sie sich mit einemmale so würdig und ernst die Freiheit, in den Zimmern ihres Mannes zu reden, daß Alles um sie her, wie auf einen Wink, stille ward. Sie trat darauf an das obre Ende des Tisches, wo Bertalda gesessen hatte, demüthig und stolz, und sprach, während sich Aller Augen unverwandt auf sie richteten, folgendergestalt:

Ihr Leute, die Ihr so feindlich ausseht und so verstört, und mir mein liebes Fest so grimm zerreißt, ach Gott, ich wußte von Euern thörichten Sitten und Eurer harten Sinnesweise nichts, und werde mich wohl mein Lebelang nicht drin finden. Daß ich Alles verkehrt angefangen habe, liegt nicht an mir; glaubt nur, es liegt einzig an Euch, so wenig es Euch auch darnach aussehen mag. Ich habe Euch auch deshalb nur wenig zu sagen, aber das Eine muß gesagt sein: ich habe nicht gelogen. Beweise kann und will ich Euch ausser meiner Versicherung nicht geben, aber beschwören will ich es. Mir hat es derselbe gesagt, der Bertalden von ihren Aeltern weg in's Wasser lockte, und sie nachher dem Herzog in seinen Weg auf die grüne Wiese legte.

Sie ist eine Zauberin, rief Bertalda, eine Hexe, die mit bösen Geistern Umgang hat! Sie bekennt es ja selbst.

Das thue ich nicht, sagte Undine, einen ganzen Himmel der Unschuld und Zuversicht in ihren Augen. Ich bin auch keine Hexe; seht mich nur darauf an.

So lügt sie, und prahlt, fiel Bertalda ein, und kann nicht behaupten, daß ich dieser niedern Leute Kind sei. Meine herzoglichen Aeltern, ich bitte Euch, führt mich aus dieser Gesellschaft fort, und aus dieser Stadt, wo man nur darauf ausgeht, mich zu schmähen.

Der alte, ehrsame Herzog aber blieb fest stehen, und seine Gemahlin sagte: wir müssen durchaus wissen, woran wir sind; Gott sei vor, daß ich eher nur einen Fuß aus diesem Saale setze. – Da näherte sich die alte Fischerin, beugte sich tief vor der Herzogin, und sagte: Ihr schließt mir das Herz auf, hohe, gottesfürchtige Frau. Ich muß Euch sagen, wenn dieses böse Fräulein meine Tochter ist, trägt sie ein Mahl, gleich einem Veilchen, zwischen beiden Schultern, und ein gleiches auf dem Spann ihres linken Fußes. Wenn sie sich nur mit mir aus den Saale entfernen wollte. – Ich entblöße mich nicht vor der Bäuerin; sagte Bertalda, ihr stolz den Rücken wendend. – Aber vor mir doch wohl, entgegnete die Herzogin mit großem Ernst. Ihr werdet mir in jenes Gemach folgen, Jungfrau, und die gute Alte kommt mit. – Die Drei verschwanden, und alle Uebrigen blieben in großer Erwartung schweigend zurück. Nach einer kleinen Weile kamen die Frauen wieder, Bertalda todtenbleich, und die Herzogin sagte: Recht muß Recht bleiben: deshalben erklär' ich, daß unsre Frau Wirthin vollkommen wahr gesprochen hat. Bertalda ist des Fischers Tochter, und soviel ist, als man hier zu wissen braucht. Das fürstliche Ehepaar ging mit der Pflegetochter fort; auf einen Wink des Herzogs folgte ihnen der Fischer mit seiner Frau. Die andern Gäste entfernten sich schweigend oder heimlich murmelnd, und Undine sank herzlich weinend in Huldbrands Arme.

Zwölftes Kapitel.

WIE SIE AUS DER REICHSSTADT ABREISTEN.

Dem Herrn von Ringstetten wär' es freilich lieber gewesen, wenn sich Alles an diesem Tage anders gefügt hätte; aber auch so, wie es nun einmal war, konnte es ihm nicht unlieb sein, da sich seine reizende Frau so fromm und gutmüthig und herzlich bewies. – Wenn ich ihr eine Seele gegeben habe, mußt' er bei sich selber sagen, gab ich ihr wohl eine bessre, als meine eigne ist; und nun dachte er einzig darauf, die Weinende zufrieden zu sprechen, und gleich des andern Tages einen Ort mit ihr zu verlaßen, der ihr seit diesem Vorfalle zuwider sein mußte. Zwar ist es an dem, daß man sie eben nicht ungleich beurtheilte. Weil man schon früher etwas Wunderbares von ihr erwartete, fiel die seltsame Entdeckung von Bertaldens Herkommen nicht allzusehr auf, und nur gegen diese war Jedermann, der die Geschichte und ihr stürmisches Betragen dabei erfuhr, übel gesinnt. Davon wußten aber der Ritter und seine Frau noch nichts; außerdem wäre Eins für Undinen so schmerzhaft gewesen, als das Andre, und so hatte man nichts Bessres zu thun, als die Mauern der alten Stadt baldmöglichst hinter sich zu laßen.

Mit den ersten Strahlen des Morgens hielt ein zierlicher Wagen für Undinen vor dem Thore der Herberge; Huldbrands und seiner Knappen Hengste stampften daneben das Pflaster. Der Ritter führte seine schöne Frau aus der Thür, da trat ihnen ein Fischermädchen in den Weg. – Wir brauchen Deine Waare nicht, sagte Huldbrand zu ihr, wir reisen eben fort. – Da fing das Fischermädchen bitterlich an zu weinen, und nun erst sahen die Eheleute, daß es Bertalda war. Sie traten gleich mit ihr in das Gemach zurück, und erfuhren von ihr, der Herzog und die Herzogin seien so erzürnt über ihre gestrige Härte und Heftigkeit, daß sie die Hand gänzlich von ihr abgezogen hätten, nicht ohne ihr jedoch vorher eine reiche Aussteuer zu schenken. Der Fischer sei gleichfalls wohl begabt worden, und habe noch Gestern Abends mit seiner Frau wieder den Weg nach der Seespitze eingeschlagen.

Ich wollte mit ihnen gehn, fuhr sie fort; aber der alte Fischer, der mein Vater sein soll –

Er ist es auch wahrhaftig, Bertalda; unterbrach sie Undine. Sieh' nur, der, welchen Du für den Brunnenmeister ansahst, erzählte mir's ausführlich. Er wollte mich abreden, daß ich dich nicht mit nach Burg Ringstetten nehmen sollte, und da fuhr ihm dieses Geheimniß mit heraus.

Nun denn, sagte Bertalda, mein Vater, – wenn es denn so sein soll, – mein Vater sprach, ich nehme Dich nicht mit, bis Du anders worden bist. Wage dich allein durch den verrufenen Wald zu uns hinaus; das soll die Probe sein, ob Du Dir etwas aus uns machst. Aber komme mir nicht, wie ein Fräulein; wie eine Fischerdirne komm'! – Da will ich denn thun, wie er gesagt hat, denn von aller Welt bin ich verlaßen, und will als ein armes Fischerkind bei den ärmlichen Aeltern einsam leben und sterben. Vor dem Wald graut es mich freilich sehr. Es sollen abscheuliche Gespenster drinnen hausen, und ich bin so furchtsam. Aber was hilft's? – Hierher kam ich nur noch, um bei der edlen Frau von Ringstetten Verzeihung dafür zu erflehen, daß ich mich Gestern so ungebührlich erzeigte. Ich fühle wohl, Ihr habt es gut gemeint, holde Dame, aber Ihr wußtet nicht, wie Ihr mich verletzen würdet, und da strömte mir denn in der Angst und Ueberraschung gar manch unsinnig verwegnes Wort über die Lippen. Ach verzeiht, verzeiht! Ich bin ja so unglücklich schon. Denkt nur selbsten, was ich noch Gestern in der

Frühe war, noch Gestern zu Anfang Eures Festes, und was nun Heut! –

Die Worte gingen ihr unter in einem schmerzlichen Thränenstrom, und gleichfalls bitterlich weinend fiel ihr Undine um den Hals. Es dauerte lange, bis die tiefgerührte Frau ein Wort hervorbringen konnte; dann aber sagte sie: Du sollst ja mit uns nach Ringstetten; es soll ja Alles bleiben, wie es früher abgeredet war; nur nenne mich wieder Du, und nicht mehr Dame und edle Frau. Sieh', wir wurden als Kinder mit einander vertauscht; da schon verzweigte sich unser Geschick, und wir wollen es fürder so innig verzweigen, daß es keine menschliche Gewalt zu trennen im Stand sein soll. Nur erst mit uns nach Ringstetten. Wie wir als Schwestern mit einander theilen wollen, besprechen wir dort. – Bertalda sah scheu nach Huldbrand empor. Ihn jammerte des schönen, bedrängten Mägdleins; er bot ihr die Hand, und redete ihr kosend zu, sich ihm und seiner Gattin anzuvertrau'n. – Euern Aeltern, sagte er, schicken wir Bothschaft, warum ihr nicht gekommen seid; – und noch Manches wollte er wegen der guten Fischersleute hinzusetzen, aber er sah, wie Bertalda bei deren Erwähnung schmerzhaft zusammen fuhr, und ließ also lieber das Reden davon sein. Aber unter den Arm faßte er sie, hob sie zuerst in den Wagen, Undinen ihr nach, und trabte fröhlich beiher, trieb auch den Fuhrmann so wacker an, daß sie das Gebiet der Reichsstadt und mit ihm alle trüben Erinnrungen in kurzer Zeit überflogen hatten, und nun die Frauen mit bessrer Lust durch die schönen Gegenden hinrollten, welche ihr Weg sie entlängst führte.

Nach einigen Tagereisen kamen sie eines schönen Abends auf Burg Ringstetten an. Dem jungen Rittersmann hatten seine Vögte und Mannen viel zu berichten, so daß Undine mit Bertalden allein blieb. Die Beiden ergingen sich auf dem hohen Wall der Veste, und freuten sich an der anmuthigen Landschaft, die sich ringsum durch das geseegnete Schwaben ausbreitete. Da trat ein langer Mann zu ihnen, der sie höflich grüßte, und der Bertalden beinah vorkam, wie jener Brunnenmeister in der Reichsstadt. Noch unverkennbarer ward ihr die Aehnlichkeit, als Undine ihm unwillig, ja drohend, zurück winkte, und er sich mit eiligen Schritten und schüttelndem Kopfe fortmachte, wie damals, worauf er in einem nahen Gebüsche verschwand. Undine aber sagte: fürchte Dich nicht, liebes Bertaldchen; diesmal soll Dir der häßliche Brunnenmeister nichts zu Leide thun. – Und damit erzählte sie ihr die ganze Geschichte ausführlich, und auch wer sie selbst sei, und wie Bertalda von den Fischersleuten weg, Undine aber dahin gekommen war. Die Jungfrau entsetzte sich anfänglich vor diesen Reden; sie glaubte, ihre Freundinn sei von einem schnellen Wahnsinn befallen. Aber mehr und mehr überzeugte sie sich, daß Alles wahr sei, an Undinens zusammenhängenden Worten, die zu den bisherigen Begebenheiten so gut paßten, und noch mehr an dem innern Gefühl, mit welchem sich die Wahrheit uns kund zu geben nie ermangelt. Es war ihr seltsam, daß sie nun selbst wie mitten in einem von den Mährchen lebe, die sie sonst nur erzählen gehört. Sie starrte Undinen mit Ehrfurcht an, konnte sich aber eines Schauders, der zwischen sie und ihre Freundinn trat, nicht mehr erwehren, und mußte sich beim Abendbrodt sehr darüber wundern, wie der Ritter gegen ein Wesen so verliebt und freundlich that, welches ihr seit den letzten Entdeckungen mehr gespenstisch als menschlich vorkam.

Dreizehntes Kapitel.

WIE SIE AUF BURG RINGSTETTEN LEBTEN.

Der diese Geschichte aufschreibt, weil sie ihm das Herz bewegt, und weil er wünscht, daß sie auch Andern ein Gleiches thun möge, bittet Dich, lieber Leser, um eine Gunst. Sieh' es ihm nach, wenn er jetzt über einen ziemlich langen Zeitraum mit kurzen Worten hingeht, und Dir nur im Allgemeinen sagt, was sich darin begeben hat. Er weiß wohl, daß man es recht kunstgemäß und Schritt vor Schritt entwickeln könnte, wie Huldbrands Gemüth begann, sich von Undinen ab, und Bertalden zuzuwenden, wie Bertalda dem jungen Mann mit glühender Liebe immer mehr entgegen kam, und er und sie die arme Ehefrau als ein fremdartiges Wesen mehr zu fürchten als zu bemitleiden schienen, wie Undine weinte, und ihre Thränen Gewissensbisse in des Ritters Herzen anregten, ohne jedoch die alte Liebe zu erwecken, so daß er ihr wohl bisweilen freundlich that, aber ein kalter Schauer ihn bald von ihr weg, und dem Menschenkinde Bertalda entgegen trieb; – man könnte dies Alles, weiß der Schreiber, ordentlich ausführen, vielleicht sollte man's auch. Aber das Herz thut ihm dabei allzuweh, denn er hat ähnliche Dinge erlebt, und scheut sich in der Erinnerung auch noch vor ihrem Schatten. Du kennst wahrscheinlich ein ähnliches Gefühl, lieber Leser, denn so ist nun einmal der sterblichen Menschen Geschick. Wohl Dir, wenn Du dabei mehr empfangen, als ausgetheilt hast, denn hier ist Nehmen seeliger als Geben. Dann schleicht Dir nur ein geliebter Schmerz bei solchen Erwähnungen durch die Seele, und vielleicht eine linde Thräne die Wange herab, um Deine verwelkten Blumenbeete, deren Du Dich so herzlich gefreut hattest. Damit sei es aber auch genug; wir wollen uns nicht mit tausendfach vereinzelten Stichen das Herz durchprickeln, sondern nur kurz dabei bleiben, daß es nun einmal so gekommen war, wie ich es vorhin sagte. Die arme Undine war sehr betrübt, die andern Beiden waren auch nicht eben vergnügt; sonderlich meinte Bertalda bei der geringsten Abweichung von dem, was sie wünschte, den eifersüchtigen Druck der beleidigten Hausfrau zu spüren. Sie hatte sich deshalb ordentlich ein herrisches Wesen angewöhnt, dem Undine in wehmüthiger Entsagung nachgab, und das durch den verblendeten Huldbrand gewöhnlich auf's entschiedenste unterstützt ward. – Was die Burggesellschaft noch mehr verstörte, waren allerhand wunderliche Spukereien, die Huldbranden und Bertalden in den gewölbten Gängen des Schlosses begegneten, und von denen vorher seit Menschengedenken nichts gehört worden war. Der lange, weiße Mann, in welchem Huldbrand den Oheim Kühleborn, Bertalda den gespenstischen Brunnenmeister nur allzuwohl erkannte, trat oftmals drohend vor Beide, vorzüglich aber vor Bertalden hin, so daß diese schon einigemal vor Schrecken krank darnieder gelegen hatte, und manchmal daran dachte, die Burg zu verlaßen. Theils aber war ihr Huldbrand allzu lieb, und sie stützte sich dabei auf ihre Unschuld, weil es nie zu einer eigentlichen Erklärung unter ihnen gekommen war; theils auch wußte sie nicht, wohin sie sonst ihre Schritte richten solle. Der alte Fischer hatte auf des Herrn von Ringstettens Bothschaft, daß Bertalda bei ihm sei, mit einigen schwer zu lesenden Federzügen, so wie sie ihm Alter und lange Entwöhnung verstatteten, geantwortet: ich bin nun ein armer alter Wittwer worden, denn meine liebe treue Frau ist mir erstorben. Wie sehr ich aber auch allein in der Hütten sitzen mag, Bertalda ist mir lieber dort, als bei mir. Nur daß sie meiner lieben Undine nichts zu Leide thue! Sonst hätte sie meinen Fluch. – Die letztern Worte schlug Bertalda in den Wind, aber das wegen des Wegbleibens von dem Vater behielt sie gut, so wie wir Menschen in ähnlichen Fällen es immer zu machen pflegen.

Eines Tages war Huldbrand eben ausgeritten, als Undine das Hausgesinde versammelte, einen großen Stein herbei bringen hieß, und den prächtigen Brunnen, der sich in der Mitte des Schloßhofes befand, sorgfältig damit zu bedecken befahl. Die Leute wandten ein, sie würden alsdann das Wasser weit unten aus dem Thale heraufzuholen haben. Undine lächelte wehmüthig. – Es thut mir leid um eure vermehrte Arbeit, liebe Kinder, entgegnete sie; ich möchte lieber selbst die Wasserkrüge heraufholen, aber dieser Brunnen muß nun einmal zu. Glaubt es mir auf's Wort, daß es nicht anders angeht, und daß wir nur dadurch ein größeres Unheil zu vermeiden in Stande sind. – Die ganze Dienerschaft freute sich, ihrer sanften Hausfrau gefällig sein zu können; man fragte nicht weiter, sondern ergriff den ungeheuern Stein. Dieser hob sich unter ihren Händen, und schwebte bereits über dem Brunnen, da kam Bertalda gelaufen, und rief, man solle innehalten; aus diesem Brunnen lasse sie das Waschwasser holen, welches ihrer Haut so vortheilhaft sei, und sie werde nimmermehr zugeben, daß man ihn verschliesse. Undine aber blieb diesmal, obgleich auf gewohnte Weise sanft, dennoch auf ungewohnte Weise, bei ihrer Meinung fest; sie sagte, als Hausfrau gebühre ihr, alle Anordnungen der Wirthschaft nach bester Ueberzeugung einzurichten, und Niemand habe sie darüber Rechenschaft abzulegen, als ihrem Ehgemahl und Herrn. – Seht, o seht doch, rief Bertalda unwillig und ängstlich, das arme, schöne Wasser kräuselt sich und windet sich, weil es vor der klaren Sonne versteckt werden soll, und vor dem erfreulichen Anblick der Menschengesichter, zu deren Spiegel es erschaffen ist! – In der That zischte und regte sich die Fluth im Borne ganz wunderlich; es war, als wolle sich etwas daraus hervorringen, aber Undine drang nur um so ernstlicher auf die Erfüllung ihrer Befehle. Es brauchte dieses Ernstes kaum. Das Schloßgesind' war eben so froh, seiner milden Herrin zu gehorchen, als Bertalda's Trotz zu brechen, und so ungeberdig diese auch schelten und drohen mochte, lag dennoch in kurzer Zeit der Stein über der Oeffnung des Brunnens fest. Undine lehnte sich sinnend darüber hin, und schrieb mit den schönen Fingern auf der Fläche. Sie mußte aber wohl etwas sehr Scharfes und Aetzendes dabei in der Hand gehabt haben, denn als sie sich abwandte, und die Andern näher hinzutraten, nahmen sie allerhand seltsame Zeichen auf dem Steine wahr, die Keiner vorher an demselben gesehn haben wollte.

Den heimkehrenden Ritter empfing am Abend Bertalda mit Thränen und Klagen über Undinens Verfahren. Er warf ernste Blicke auf diese, und die arme Frau sah betrübt vor sich nieder. Doch sagte sie mit großer Fassung: mein Herr und Ehgemahl schilt ja keinen Leibeignen, bevor er ihn hört, wie minder dann sein angetrautes Weib. – Sprich, was Dich zu jener seltsamen That bewog; sagte der Ritter mit finsterm Antlitz. – Ganz allein möcht' ich es Dir sagen! seufzte Undine. – Du kannst es eben so gut in Bertaldas Gegenwart; entgegnete er. – Ja, wenn Du es gebeutst, sagte Undine; aber gebeut es nicht. O bitte, bitte, gebeut es nicht. – Sie sah so demüthig, hold und gehorsam aus, daß des Ritters Herz sich einem Sonnenblick aus bessern Zeiten erschloß. Er faßte sie freundlich unter den Arm, und führte sie in sein Gemach, wo sie folgendermaaßen zu sprechen begann.

Du kennst ja den bösen Oheim Kühleborn, mein geliebter Herr, und bist ihm öfters unwillig in den Gängen dieser Burg begegnet. Bertalden hat er gar bisweilen zum Krankwerden erschreckt. Das macht, er ist seelenlos, ein bloßer, elementarischer Spiegel der Aussenwelt, der das Innere nicht wiederzustrahlen vermag. Da sieht er denn bisweilen, daß Du unzufrieden mit mir bist, daß ich in meinem kindischen Sinne darüber weine, daß Bertalda vielleicht eben in derselben Stunde zufällig lacht. Nun bildet er sich allerhand Ungleiches ein, und mischt sich auf vielfache Weise ungebeten in unsern Kreis. Was hilft's, daß ich ihn ausschelte? Daß ich ihn unfreundlich wegschicke? Er glaubt mir nicht ein Wort. Sein armes Leben hat keine Ahnung davon, wie Liebesleiden und Liebesfreuden einander so anmuthig gleich sehn, und so innig verschwistert sind, daß keine Gewalt sie zu trennen vermag. Unter der Thräne quillt das Lächeln vor, das Lächeln lockt die Thräne aus ihren Kammern.

Sie sah lächelnd und weinend nach Huldbrand in die Höh', der allen Zauber der alten Liebe wieder in seinem Herzen empfand. Sie fühlte das, drückte ihn inniger an sich, und fuhr unter freudigen Thränen also fort:

Da sich der Friedenstörer nicht mit Worten weisen ließ, mußte ich wohl die Thür vor ihm zusperren. Und die einzige Thür, die er zu uns hat, ist jener Brunnen. Mit den andern Quellgeistern hier in der Gegend ist er entzweit, von dem nächsten Thälern an, und erst weiterhin auf der Donau, wenn einige seiner guten Freunde hineingeströmt sind, fängt sein Reich wieder an. Darum ließ ich den Stein über des Brunnens Oeffnung wälzen, und schrieb Zeichen darauf, die alle Kraft des eifernden Oheims lähmen, so daß er nun weder Dir, noch mir, noch Bertalden, in den Weg kommen soll. Menschen freilich können trotz der Zeichen mit ganz gewöhnlichem Bemühen den Stein wieder abheben; die hindert es nicht. Willst Du also, so thu' nach Bertalda's Begehr, aber wahrhaftig, sie weiß nicht, was sie bittet. Auf sie hat es der ungezogne Kühleborn ganz vorzüglich angesehn, und wenn Manches käme, was er mir prophezeien wollte, und was doch wohl geschehen könnte, ohne daß Du es übel meintest, – ach Lieber, so wärest ja auch Du nicht außer Gefahr!

Huldbrand fühlte tief im Herzen die Großmuth seiner holden Frau, wie sie ihren furchtbaren Beschützer so emsig aussperrte, und noch dazu von Bertalden darüber gescholten worden war.

Er drückte sie daher auf's liebreichste in seine Arme, und sagte gerührt: der Stein bleibt liegen, und Alles bleibt und soll immer bleiben, wie Du es haben willst, mein holdes Undinchen. – Sie schmeichelte ihm demüthig froh über die lang' entbehrten Worte der Liebe, und sagte endlich: mein allerliebster Freund, da Du Heute so überaus mild und gütig bist, dürft' ich es wohl wagen, Dir eine Bitte vorzutragen? Sieh' nur, es ist mit Dir, wie mit dem Sommer. Eben in seiner besten Herrlichkeit setzt sich der flammende und donnernde Kronen von schönen Gewittern auf, darin er als ein rechter König und Erdengott anzusehen ist. So schiltst auch Du bisweilen, und wetterleuchtest mit Zung' und Augen, und das steht Dir sehr gut, wenn ich auch bisweilen in meiner Thorheit darüber zu weinen anfange. Aber thu' das nie gegen mich, auf einem Wasser, oder wo wir auch nur einem Gewässer nahe sind. Siehe, dann bekämen die Verwandten ein Recht über mich. Unerbittlich würden sie mich von Dir reißen in ihrem Grimm, weil sie meinten, daß eine ihres Geschlechtes beleidigt sei, und ich müßte Lebenslang drunten in den Krystallpallästen wohnen, und dürfte nie wieder zu Dir herauf, oder sendeten sie mich zu Dir herauf, o Gott, dann wär' es noch unendlich schlimmer. Nein nein, Du süßer Freund, dahin laß' es nicht kommen, so lieb Dir die arme Undine ist.

Er verhieß feierlich, zu thun, wie sie begehre, und die beiden Eheleute traten unendlich froh und liebevoll wieder aus dem Gemach. Da kam Bertalda mit einigen Werkleuten, die sie unterdeß schon hatte bescheiden laßen, und sagte mit einer mürrischen Art, die sie sich zeither angenommen hatte: nun ist doch wohl das geheime Gespräch zu Ende, und der Stein kann herab. Geht nur hin, Ihr Leute, und richtet's aus. – Der Ritter aber, ihre Unart empört fühlend, sagte in kurzen und sehr ernstlichen Worten, der Stein bleibt liegen; auch verwies er Bertalden ihre Heftigkeit gegen seine Frau, worauf die Werkleute mit heimlich vergnügtem Lächeln fortgingen, Bertalda aber von der andern Seite erbleichend nach ihren Zimmern eilte.

Die Stunde des Abendessens kam heran, und Bertalda ließ sich vergeblich erwarten. Man schickte nach ihr; da fand der Kämmerling ihre Gemächer leer, und brachte nur ein versiegeltes Blatt, an den Ritter überschrieben, mit zurück. Dieser öffnete es bestürzt, und las.

Ich fühle mit Beschämung, wie ich nur eine arme Fischersdirne bin. Daß ich es auf Augenblicke vergaß, will ich in der ärmlichen Hütte meiner Aeltern büßen. Lebt wohl mit Eurer schönen Frau!

Undine war von Herzen betrübt. Sie bat Huldbranden inbrünstig, der entflohenen Freundinn nachzueilen, und sie wieder mit zurück zu bringen. Ach, sie hatte nicht nöthig zu treiben! Seine Neigung für Bertalden brach wieder heftig hervor. Er eilte im ganzen Schloß umher, fragend, ob Niemand gesehn habe, welches Weges die schöne Flüchtige gegangen sei. Er konnte nichts erfahren, und saß schon im Burghofe zu Pferde, entschlossen, auf's Gerathewohl dem Wege nachzureiten, den er Bertalden hierher geführt hatte. Da kam ein Schildbub, und versicherte, er sei dem Fräulein auf dem Pfade nach dem Schwarzthale begegnet. Wie ein Pfeil sprengte der Ritter durch das Thor, der angewiesenen Richtung nach, ohne Undinens ängstliche Stimme zu hören, die ihm aus dem Fenster nachrief: nach dem Schwarzthal? O dahin nicht! Huldbrand, dahin nicht! Oder um Gotteswillen, nimm mich mit! – Als sie aber all' ihr Rufen vergeblich sah, ließ sie eilig ihren weißen Zelter satteln, und trabte dem Ritter nach, ohne irgend eines Dieners Begleitung annehmen zu wollen.

Vierzehntes Kapitel.

WIE BERTALDA MIT DEM RITTER HEIMFUHR.

Das Schwarzthal liegt tief in die Berge hinein. Wie es jetzo heißt, kann man nicht wissen. Damals nannten es die Landleute so, wegen der tiefen Dunkelheit, welche von hohen Bäumen, worunter es vorzüglich viele Tannen gab, in die Niederung herunter gestreuet ward. Selbst der Bach, der zwischen den Klippen hinstrudelte, sahe davon ganz schwarz aus, und gar nicht so fröhlich, wie es Gewässer wohl zu thun pflegen, die den blauen Himmel unmittelbar über sich haben. Nun, in der hereinbrechenden Dämmerung, war es vollends sehr wild und finster zwischen den Höhen geworden. Der Ritter trabte ängstlich die Bachesufer entlängst; er fürchtete bald, durch Verzögerung die Flüchtige zu weit voraus zu lassen, bald wieder, in der großen Eile sie irgendwo, dafern sie sich vor ihm verstecken wolle, zu übersehn. Er war indeß schon ziemlich tief in das Thal hinein gekommen, und konnte nun denken, das Mägdlein bald eingeholt zu haben, wenn er anders auf der rechten Spur war. Die Ahnung, daß er das auch wohl nicht sein könne, trieb sein Herz zu immer ängstlicheren Schlägen. Wo sollte die zarte Bertalda bleiben, wenn er sie nicht fand, in der drohenden Wetternacht, die sich immer furchtbarer über das Thal herein bog? Da sah er endlich etwas Weißes am Hange des Berges durch die Zweige schimmern. Er glaubte Bertaldas Gewand zu erkennen, und machte sich hinzu. Sein Roß aber wollte nicht hinan; es bäumte sich so ungestüm, und er wollte so wenig Zeit verlieren, daß er – zumahl da ihm wohl ohnehin zu Pferde das Gesträuch allzuhinderlich geworden wäre, – absaß, und den schnaubenden Hengst an eine Rüster band, worauf er sich dann vorsichtig durch die Büsche hinarbeitete. Die Zweige schlugen ihm unfreundlich Stirn und Wangen mit der kalten Nässe des Abendthau's, ein ferner Donner murmelte jenseit der Berge hin, es sah Alles so seltsam aus, daß er anfing, eine Scheu vor der weißen Gestalt zu empfinden, die nun schon unfern von ihm am Boden lag. Doch konnte er ganz deutlich unterscheiden, daß es ein schlafendes oder ohnmächtiges Frauenzimmer in langen, weißen Gewändern war, wie sie Bertalda Heute getragen hatte. Er trat dicht vor sie hin, rauschte an den Zweigen, klirrte an seinem Schwerdte, – sie regte sich nicht. – Bertalda! sprach er; erst leise, dann immer lauter, – sie hörte nicht. Als er zuletzt den theuern Namen mit gewaltsamer Anstrengung rief, hallte ein dumpfes Echo aus den Berghölen des Thales lallend zurück: Bertalda! – aber die Schläferin blieb unerweckt. Er beugte sich zu ihr nieder; die Dunkelheit des Thales und der einbrechenden Nacht ließen keinen ihrer Gesichtszüge unterscheiden. Als er sich nun eben mit einigem gramvollen Zweifel ganz nahe zu ihr an den Boden gedrückt hatte, fuhr ein Blitz schnell erleuchtend über das Thal hin. Er sah ein abscheulich verzerrtes Antlitz dicht vor sich, das mit dumpfer Stimme rief: gieb mir 'nen Kuß, Du verliebter Schäfer! – Vor Entsetzen schreiend fuhr Huldbrand in die Höh', die häßliche Gestalt ihm nach. – Zu Haus! murmelte sie; die Unholde sind wach. Zu Haus! Sonst hab' ich Dich! – Und es griff nach ihm mit langen weißen Armen. – Tückischer Kühleborn, rief der Ritter sich ermannend, was gilt's, Du bist es, Du Kobold! Da hast Du 'nen Kuß! – Und wüthend hieb er mit dem Schwerdte gegen die Gestalt. Aber die zerstob, und ein durchnässender Wasserguß ließ dem Ritter keinen Zweifel darüber, mit welchem Feind er gestritten habe.

Er will mich zurückschrecken von Bertalden, sagte er laut zu sich selbst; er denkt, ich soll mich vor seinen albernen Spukereien fürchten, und ihm das arme, geängstete Mädchen hingeben, damit er sie seine Rache könne fühlen laßen. Das soll er doch nicht, der schwächliche Elementargeist. Was eine Menschenbrust vermag, wenn sie so recht will, so recht aus ihrem besten Leben will, das versteht der ohnmächtige Gaukler nicht. – Er fühlte die Wahrheit seiner Worte, und daß er sich selbst dadurch einen ganz erneuten Muth in das Herz gesprochen habe. Auch schien es, als trete das Glück mit ihm in Bunde, denn noch war er nicht wieder bei seinem angebundenen Rosse, da hörte er schon ganz deutlich Bertaldens klagende Stimme, wie sie unfern von ihm durch das immer lauter werdende Geräusch des Donners und Sturmwindes herüber weinte. Beflügelten Fußes eilt' er dem Schalle nach, und fand die erbebende Jungfrau, wie sie eben die Höhe hinan zu klimmen versuchte, um sich auf alle Weise aus dem schaurigen Dunkel dieses Thales zu retten. Er aber trat ihr liebkosend in den Weg, und so kühn und stolz auch früher ihr Entschluß mochte gewesen sein, empfand sie doch jetzt nur allzulebendig das Glück, daß ihr im Herzen geliebter Freund sie aus der furchtbaren Einsamkeit erlöse, und das helle Leben in der befreundeten Burg so anmuthige Arme nach ihr ausstrecke. Sie folgte fast ohne Widerspruch, aber so ermattet, daß der Ritter froh war, sie bis zu seinem Rosse geleitet zu haben, welches er nun eilig losknüpfte, um die schöne Wandrerin hinaufzuheben, und es alsdann am Zügel sich durch die ungewissen Schatten der Thalgegend vorsichtig nachzuleiten.

Aber das Pferd war ganz verwildert durch Kühleborns tolle Erscheinung. Selbst der Ritter würde Mühe gebraucht haben, auf des bäumenden, wildschnaubenden Thieres Rücken zu springen; die zitternde Bertalda hinaufzuheben, war eine volle Unmöglichkeit. Man beschloß also, zu Fuße heimzukehren. Das Roß am Zügel nachzerrend, unterstützte der Ritter mit der andern Hand das schwankende Mägdlein. Bertalda machte sich so stark, als möglich, um den furchtbaren Thalgrund schnell zu durchwandeln, aber wie Blei zog die Müdigkeit sie herab, und zugleich bebten ihr alle Glieder zusammen, theils noch von mancher überstandnen Angst, womit Kühleborn sie vorwärts gehetzt hatte, theils auch in der fortdauernden Bangigkeit vor dem Geheul' des Sturmes und Donners durch die Waldung des Gebirgs.

Endlich entglitt sie dem stützenden Arm ihres Führers, und auf das Moos hingesunken, sagte sie: laßt mich nur hier liegen, edler Herr. Ich büße meiner Thorheit Schuld, und muß nun doch auf alle Weise hier verkommen vor Mattigkeit und Angst. – Nimmermehr, holde Freundinn, verlaß' ich Euch! rief Huldbrand, vergeblich bemüht, den brausenden Hengst an seiner Hand zu bändigen, der ärger, als vorhin, zu tosen und zu schäumen begann; der Ritter war endlich nur froh, daß er ihn vor der hingesunknen Jungfrau fern genug hielt, um sie nicht durch die Furcht vor ihm noch mehr zu erschrecken. Wie er sich aber mit dem tollen Pferde nur kaum einige Schritte entfernte, begann sie auch gleich, ihm auf das allerjämmerlichste nachzurufen, des Glaubens, er wolle sie wirklich hier in der entsetzlichen Wildniß verlaßen. Er wußte gar nicht mehr, was er beginnen sollte. Gern hätte er dem wüthenden Thiere volle Freiheit gegeben, durch die Nacht hinzustürmen, und seine Raserei auszutoben, hätte er nur nicht fürchten müssen, es würde in diesem engen Paß mit seinen beerzten Hufen eben über die Stelle hindonnern, wo Bertalda lag.

Während dieser großen Noth und Verlegenheit, war es ihm unendlich trostreich, daß er einen Wagen langsam den steinigen Weg hinter sich herabfahren hörte. Er rief um Beistand; eine männliche Stimme antwortete, verwies ihn zur Geduld, aber versprach, zu helfen, und bald darauf leuchteten schon zwei Schimmel durch das Gebüsch, der weiße Kärrnerkittel ihres Führers neben her, worauf sich denn auch die große, weiße Leinewand sehen ließ, mit welcher die Waaren, die er bei sich führen mochte, überdeckt waren. Auf ein lautes Brr! aus dem Munde ihres Herrn standen die gehorsamen Schimmel. Er kam gegen den Ritter heran, und half ihm, das schäumende Thier bändigen. – Ich merke wohl, sagte er dabei, was der Bestie fehlt. Als ich zuerst durch diese Gegend zog, ging es meinen Pferden nicht besser. Das macht, hier wohnt ein böser Wassernix, der an solchen Nekkereien Lust hat. Aber ich hab' ein Sprüchlein gelernt; wenn Ihr mir vergönnen wolltet, dem Rosse das in's Ohr zu sagen, so sollt' es gleich so ruhig stehn, wie meine Schimmel da. – Versucht Eu'r Heil, und helft nur bald! schrie der ungeduldige Ritter. Da bog der Fuhrmann den Kopf des bäumenden Pferdes zu sich herunter, und sagte ihm einige Worte in's Ohr. Augenblicklich stand der Hengst gezähmt und friedlich still, und nur sein erhitztes Keuchen und Dampfen zeugte noch von der vorherigen Unbändigkeit. Es war nicht viel Zeit für Huldbranden, lange zu fragen, wie dies zugegangen sei. Er ward mit dem Kärrner einig, daß er Bertalden auf den Wagen nehmen solle, wo, seiner Aussage nach, die weichste Baumwolle in Ballen lag, und so möge er sie bis nach Burg Ringstetten führen; der Ritter wolle den Zug zu Pferde begleiten. Aber das Roß schien von seinem vorigen Toben zu erschöpft, um noch seinen Herrn so weit zu tragen, weshalb diesem der Kärrner zuredete, mit Bertalden in den Wagen zu steigen. Das Pferd könne man ja hinten anbinden. – Es geht Bergunter, sagte er, und da wird's meinen Schimmeln leicht. – Der Ritter nahm dies Erbieten an, er bestieg mit Bertalden den Wagen, der Hengst folgte geduldig nach, und rüstig und achtsam schritt der Fuhrmann beiher.

In der Stille der tiefer dunkelnden Nacht, aus der das Gewitter immer ferner und schweigsamer abdonnerte, in dem behaglichen Gefühl der Sicherheit und des bequemen Fortkommens, entspann sich zwischen Huldbrand und Bertalda ein trauliches Gespräch. Mit schmeichelnden Worten schalt er sie um ihr trotziges Flüchten; mit Demuth und Rührung entschuldigte sie sich, und aus Allem, was sie sprach, leuchtete es hervor, gleich einer Lampe, die dem Geliebten zwischen Nacht und Geheimniß kund giebt, die Geliebte harre noch sein. Der Ritter fühlte den Sinn dieser Reden weit mehr, als daß er auf die Bedeutung der Worte Acht gegeben hätte, und antwortete auch einzig auf jenen. Da rief der Fuhrmann plötzlich mit kreischender Stimme: hoch, Ihr Schimmel! Hoch den Fuß! Nehmt Euch zusammen, Schimmel! Denkt hübsch, was Ihr seid! – Der Ritter beugte sich aus dem Wagen, und sah, wie die Pferde mitten im schäumenden Wasser dahin schritten, oder fast schon schwammen, des Wagens Räder wie Mühlenräder blinkten und rauschten, der Kärrner vor der wachsenden Fluth auf das Fuhrwerk gestiegen war. – Was soll das für ein Weg sein? Der geht ja mitten in den Strom! rief Huldbrand seinem Führer zu. – Nein, Herr, lachte dieser zurück; es ist grad' umgekehrt. Der Strom geht mitten in unsern Weg. Seht Euch nur um, wie Alles übergetreten ist.

In der That wogte und rauschte der ganze Thalgrund von plötzlich empörten, sichtbar steigenden Wellen. Das ist der Kühleborn, der böse Wassernix, der uns ersäufen will! rief der Ritter. Weißt Du kein Sprüchlein wider ihn, Gesell? – Ich wüßte wohl Eins, sagte der Fuhrmann, aber ich kann und mag es nicht eher brauchen, als bis Ihr wißt, wer Ich bin. – Ist es hier Zeit zu Räthseln? schrie der Ritter. Die Fluth steigt immer höher, und was geht es mich an, zu wissen, wer Du bist? – Es geht Euch aber doch was an, sagte der Fuhrmann, denn ich bin Kühleborn. Damit lachte er, verzerrten Antlitzes, zum Wagen herein, aber der Wagen blieb nicht Wagen mehr, die Schimmel nicht Schimmel; Alles verschäumte, verrann in zischenden Wogen, und selbst der Fuhrmann bäumte sich als eine riesige Welle empor, riß den vergeblich arbeitenden Hengst unter die Gewässer hinab, und wuchs dann wieder, und wuchs über den Häuptern des schwimmenden Paares, wie zu einem feuchten Thurme an, und wollte sie eben rettungslos begraben. –

Da scholl Undinens anmuthige Stimme durch das Getöse hin, der Mond trat aus den Wolken, und mit ihm ward Undine auf den Höhen des Thalgrundes sichtbar. Sie schalt, sie drohte in die Fluthen hinab, die drohende Thurmeswoge verschwand murrend und murmelnd, leise rannen die Wasser im Mondglanze dahin, und wie eine weiße Taube sah man Undinen von der Höhe hinab tauchen, den Ritter und Bertalden erfassen, und mit sich nach einem frischen, grünen Rasenfleck auf der Höhe empor heben, wo sie mit ausgesuchten Labungen Ohnmacht und Schrecken vertrieb; dann half sie Bertalden zu dem weißen Zelter, der sie selbst hergetragen hatte, hinaufheben, und so gelangten alle Dreie nach Burg Ringstetten zurück.

Funfzehntes Kapitel.

DIE REISE NACH WIEN.

Es lebte sich seit der letztern Begebenheit still und ruhig auf dem Schloß. Der Ritter erkannte mehr und mehr seiner Frauen himmlische Güte, die sich durch ihr Nacheilen und Retten im Schwarzthale, wo Kühleborns Gewalt wieder anging, so herrlich offenbart hatte; Undine selbst empfand den Frieden und die Sicherheit, deren ein Gemüth nie ermangelt, so lange es mit Besonnenheit fühlt, daß es auf dem rechten Wege sei, und zudem gingen ihr in der neu erwachenden Liebe und Achtung ihres Ehemannes vielfache Schimmer der Hoffnung und Freude auf. Bertalda hingegen zeigte sich dankbar, demüthig und scheu, ohne daß sie wieder diese Aeusserungen als etwas Verdienstliches angeschlagen hätte. So oft ihr Eines der Eheleute über die Verdeckung des Brunnens, oder über die Abentheuer im Schwarzthale, irgend etwas Erklärendes sagen wollte, bat sie inbrünstig, man möge sie damit verschonen, weil sie wegen des Brunnens allzuviele Beschämung, und wegen des Schwarzthales allzuviele Schrecken empfinde. Sie erfuhr daher auch von Beiden weiter nichts; und wozu schien es auch nöthig zu sein? Der Friede und die Freude hatten ja ihren sichtbaren Wohnsitz in Burg Ringstetten genommen. Man ward darüber ganz sicher, und meinte, nun könne das Leben gar nichts mehr tragen, als anmuthige Blumen und Früchte.

In so erlabenden Verhältnissen war der Winter gekommen und vorüber gegangen, und der Frühling sah mit seinen hellgrünen Sproßen und seinem lichtblauen Himmel zu den fröhlichen Menschen herein. Ihm war zu Muth, wie ihnen, und ihnen, wie ihm. Was Wunder, daß seine Störche und Schwalben auch in ihnen die Reiselust anregten! Während sie einmal nach den Donauquellen hinab lustwandelten, erzählte Huldbrand von der Herrlichkeit des edlen Stromes, und wie er wachsend durch geseegnete Länder fliesse, wie das köstliche Wien an seinen Ufern emporglänze, und er überhaupt mit jedem Schritte seiner Fahrt an Macht und Lieblichkeit gewinne. – Es müßte herrlich sein, ihn so bis Wien einmal hinabzufahren! brach Bertalda aus, aber gleich darauf in ihre jetzige Demuth und Bescheidenheit zurückgesunken, schwieg sie erröthend still. Eben dies rührte Undinen sehr, und im lebhaftesten Wunsch, der lieben Freundin eine Lust zu machen, sagte sie: wer hindert uns denn, die Reise anzutreten? – Bertalda hüpfte vor Freuden in die Höhe, und die beiden Frauen begannen sogleich, sich die anmuthige Donaufahrt mit den allerhellsten Farben vor die Sinne zu rufen. Auch Huldbrand stimmte fröhlich darin ein; nur sagte er einmal besorgt Undinen in's Ohr: aber weiterhin ist Kühleborn wieder gewaltig? – Laß' ihn nur kommen, entgegnete sie lachend; ich bin ja dabei, und vor mir wagt er sich mit keinem Unheil hervor. – Damit war das letzte Hinderniß gehoben, man rüstete sich zur Fahrt, und trat sie alsbald mit frischem Muth und den heitersten Hoffnungen an.

Wundert Euch aber nur nicht, Ihr Menschen, wenn es dann immer ganz anders kommt, als man gemeint hat. Die tückische Macht, die lauert, uns zu verderben, singt ihr auserkornes Opfer gern mit süßen Liedern und goldnen Mährchen in den Schlaf. Dagegen pocht der rettende Himmelsbote oftmals scharf und erschreckend an unsre Thür.

Sie waren die ersten Tage ihrer Donaufahrt hindurch außerordentlich vergnügt gewesen. Es ward auch Alles immer besser und schöner, so wie sie den stolzer fluthenden Strom weiter hinunterschifften. Aber in einer sonst höchst anmuthigen Gegend, von deren erfreulichem Anblick sie sich die beste Freude versprochen hatten, fing der ungebändigte Kühleborn ganz unverholen an, seine hier eingreifende Macht zu zeigen. Es blieben zwar blos Neckereien, weil Undine oftmals in die empörten Wellen oder in die hemmenden Winde hineinschalt, und sich dann die Gewalt des Feindseeligen augenblicklich in Demuth ergab; aber wieder kamen die Angriffe, und wieder brauchte es der Mahnung Undinens, so daß die Lustigkeit der kleinen Reisegesellschaft eine gänzliche Störung erlitt. Dabei zischelten sich noch immer die Fährleute zagend in die Ohren, und sahen mistrauisch auf die drei Herrschaften, deren Diener selbsten mehr und mehr etwas Unheimliches zu ahnen begannen, und ihre Gebieter mit seltsamen Blicken verfolgten. Huldbrand sagte öfters bei sich im stillen Gemüthe: das kommt davon, wenn Gleich sich nicht zu Gleich gesellt, wenn Mensch und Meerfräulein ein wunderliches Bündniß schließen. – Sich entschuldigend, wie wir es denn überhaupt lieben, dachte er freilich oftmals dabei: ich hab' es ja nicht gewußt, daß sie ein Meerfräulein war. Mein ist das Unheil, das jeden meiner Schritte durch der tollen Verwandtschaft Grillen bannt und stört, aber mein ist nicht die Schuld. – Durch solcherlei Gedanken fühlte er sich einigermaaßen gestärkt, aber dagegen ward er immer verdrießlicher, ja feindseeliger, wider Undinen gestimmt. Er sah sie schon mit mürrischen Blicken an, und die arme Frau verstand deren Bedeutung wohl. Dadurch, und durch die beständige Anstrengung wider Kühleborns Listen erschöpft, sank sie gegen Abend, von der sanftgleitenden Barke angenehm gewiegt, in einen tiefen Schlaf.

Kaum aber, daß sie die Augen geschlossen hatte, so wähnte Jedermann im Schiffe, nach der Seite, wo er grade hinaussah, ein ganz abscheuliches Menschenhaupt zu erblicken, das sich aus den Wellen emporhob, nicht wie das eines Schwimmenden, sondern ganz senkrecht, wie auf den Wasserspiegel grade eingepfählt, aber mitschwimmend, so wie die Barke schwamm. Jeder wollte dem

Andern zeigen, was ihn erschreckte, und Jeder fand zwar auf des Andern Gesicht das gleiche Entsetzen, Hand und Auge aber nach einer andern Richtung hinzeigend, als wo ihm selbst das halb lachende, halb dräuende Scheusal vor Augen stand. Wie sie sich nun aber einander darüber verständigen wollten, und Alles rief: sieh dorthin, nein dorthin! – da wurden Jedwedem die Gräuelbilder Aller sichtbar, und die ganze Fluth um das Schiff her wimmelte von den entsetzlichsten Gestalten. Von dem Geschrei, das sich darüber erhob, erwachte Undine. Vor ihren aufgehenden Augenlichtern verschwand der mißgeschaffnen Gesichter tolle Schaar. Aber Huldbrand war empört über so viele häßliche Gaukeleien. Er wäre in wilde Verwünschungen ausgebrochen, nur daß Undine mit den demüthigsten Blicken, und ganz leise bittend, sagte: um Gott, mein Eheherr, wir sind auf den Fluthen; zürne jetzt nicht auf mich. – Der Ritter schwieg, setzte sich, und versank in ein tiefes Nachdenken. Undine sagte ihm in's Ohr: wär' es nicht besser, mein Liebling, wir ließen die thörichte Reise, und kehrten nach Burg Ringstetten in Frieden zurück? – Aber Huldbrand murmelte feindseelig: also ein Gefangner soll ich sein auf meiner eignen Burg? Und athmen nur können, so lange der Brunnen zu ist? So wollt' ich, daß die tolle Verwandtschaft – Da drückte Undine schmeichelnd ihre schöne Hand auf seine Lippen. Er schwieg auch, und hielt sich still, so Manches, was ihm Undine früher gesagt hatte, erwägend.

Indessen hatte Bertalda sich allerhand seltsam umschweifenden Gedanken überlassen. Sie wußte Vieles von Undinens Herkommen und doch nicht Alles, und vorzüglich war ihr der furchtbare Kühleborn ein schreckliches, aber noch immer ganz dunkles Räthsel geblieben; so daß sie nicht einmal seinen Namen ja vernommen hatte. Ueber alle diese wunderlichen Dinge nachsinnend, knüpfte sie, ohne sich dessen recht bewußt zu werden, ein goldnes Halsband los, welches ihr Huldbrand auf einer der letzten Tagereisen von einem herumziehenden Handelsmann gekauft hatte, und ließ es dicht über der Oberfläche des Flußes spielen, sich halb träumend an dem lichten Schimmer ergötzend, den es in die abendhellen Gewässer warf. Da griff plötzlich eine große Hand aus der Donau herauf, erfaßte das Halsband, und fuhr damit unter die Fluthen. Bertalda schrie laut auf, und ein höhnisches Gelächter schallte aus den Tiefen des Stromes drein. Nun hielt sich des Ritters Zorn nicht länger. Aufspringend schalt er in die Gewässer hinein, verwünschte Alle, die sich in seine Verwandtschaft und sein Leben drängen wollten, und forderte sie auf, Nix oder Syrene, sich vor sein blankes Schwerdt zu stellen. Bertalda weinte indeß um den verlornen, ihr so innig lieben Schmuck, und goß mit ihren Thränen Oel in des Ritters Zorn, während Undine ihre Hand über den Schiffesbord in die Wellen getaucht hielt, in einem fort sacht vor sich hin murmelnd, und nur manchmal ihr seltsam heimliches Geflüster unterbrechend, indem sie bittend zu ihrem Ehherrn sprach: mein Herzlichlieber, hier schilt mich nicht. Schilt Alles, was Du willst, aber hier mich nicht. Du weißt ja! – Und wirklich enthielt sich seine vor Zorn stammelnde Zunge noch jedes Wortes unmittelbar wider sie. Da brachte sie mit der feuchten Hand, die sie unter den Wogen gehalten hatte, ein wunderschönes Korallenhalsband hervor, so herrlich blitzend, daß Allen davon die Augen fast geblendet wurden. Nimm hin, sagte sie, es Bertalden freundlich hinhaltend; das hab' ich Dir zum Ersatz bringen lassen, und sei nicht weiter betrübt, Du armes Kind. – Aber der Ritter sprang dazwischen. Er riß den schönen Schmuck Undinen aus der Hand, schleuderte ihn wieder in den Fluß, und schrie wuthentbrannt: so hast Du denn immer Verbindung mit ihnen? Bleib bei ihnen in aller Hexen Namen mit all' Deinen Geschenken, und laß' uns Menschen zufrieden, Gauklerin Du! – Starren aber thränenströmenden Blickes sah ihn die arme Undine an, noch immer die Hand ausgestreckt, mit welcher sie Bertalden ihr hübsches Geschenk so freundlich hatte hinreichen wollen. Dann fing sie immer herzlicher an, zu weinen, wie ein recht unverschuldet und recht bitterlich gekränktes liebes Kind. Endlich sagte sie ganz matt: ach, holder Freund, ach lebe wohl! Sie sollen Dir nichts thun; nur bleibe treu, daß ich sie Dir abwehren kann. Ach, aber fort muß ich, muß fort auf diese ganze junge Lebenszeit. O weh, o weh, was hast Du angerichtet! O weh, o weh!

Und über den Rand der Barke schwand sie hinaus. – Stieg sie hinüber in die Fluth, verströmte sie darin, man wußt' es nicht; es war wie Beides und wie Keins. Bald aber war sie in die Donau ganz verronnen; nur flüsterten noch kleine Wellchen schluchzend um den Kahn, und fast vernehmlich war's, als sprächen sie: o weh, o weh! Ach bleibe treu! O weh! –

Huldbrand aber lag in heißen Thränen auf dem Verdecke des Schiffes, und eine tiefe Ohnmacht hüllte den Unglücklichen bald in ihre mildernden Schleier ein.

Sechzehntes Kapitel.

VON HULDBRANDS FÜRDERM ERGEHN.

Soll man sagen, leider! oder zum Glück! daß es mit unsrer Trauer keinen rechten Bestand hat? Ich meine, mit unsrer so recht tiefen und aus dem Borne des Lebens schöpfenden Trauer, die mit dem verlornen Geliebten so Eines wird, daß er ihr nicht mehr verloren ist, und sie ein geweihtes Priesterthum an seinem Bilde durch das ganze Leben durchführen will, bis die Schranke, die ihm gefallen ist, auch uns zerfällt! Freilich bleiben wohl gute Menschen wirklich solche Priester, aber es ist doch nicht die erste, rechte Trauer mehr. Andre, fremdartige Bilder haben sich dazwischen gedrängt, wir erfahren endlich die Vergänglichkeit aller irdischen Dinge sogar an unserm Schmerz, und so muß ich denn sagen: leider, daß es mit unsrer Trauer keinen rechten Bestand hat!

Der Herr von Ringstetten erfuhr das auch; ob zu seinem Heile, werden wir im Verfolg dieser Geschichte hören. Anfänglich konnte er nichts, als immer recht bitterlich weinen, wie die arme, freundliche Undine geweint hatte, als er ihr den blanken Schmuck aus der Hand riß, mit dem sie Alles so schön und gut machen wollte. Und dann streckte er die Hand aus, wie sie es gethan hatte, und weinte immer wieder von neuem, wie sie. Er hegte die heimliche Hoffnung, endlich auch ganz in Thränen zu verrinnen, und ist nicht selbst Manchem von uns Andern in großem Leide der ähnliche Gedanke mit schmerzender Lust durch den Sinn gezogen? Bertalda weinte mit, und sie lebten lange ganz still bei einander auf Burg Ringstetten, Undinens Andenken feiernd, und der ehemaligen Neigung fast gänzlich vergessen habend. Dafür kam auch um diese Zeit oftmals die gute Undine zu Huldbrands Träumen; sie streichelte ihn sanft und freundlich, und ging dann stillweinend wieder fort, so daß er im Erwachen oftmals nicht recht wußte, wovon seine Wangen so naß waren: kam es von ihren oder blos von seinen Thränen?

Die Traumgesichte wurden aber mit der Zeit seltner, der Gram des Ritters matter, und dennoch hätte er vielleicht nie in seinem Leben einen andern Wunsch gehegt, als so stille fort Undinens zu gedenken, und von ihr zu sprechen, wäre nicht der alte Fischer unvermuthet auf dem Schloß erschienen, und hätte Bertalden nun alles Ernstes als sein Kind zurücke geheischt. Undinens Verschwinden war ihm kund geworden, und er wollte es nicht länger zugeben, daß Bertalda bei dem unverehlichten Herrn auf der Burg verweile. – Denn, ob meine Tochter mich lieb hat, oder nicht, sprach er, will ich jetzt gar nicht wissen, aber die Ehrbarkeit ist im Spiel, und wo die spricht, hat nichts Andres mehr mit zu reden.

Diese Gesinnung des alten Fischers, und die Einsamkeit, die den Ritter aus allen Sälen und Gängen der verödeten Burg schauerlich nach Bertaldens Abreise zu erfassen drohte, brachten zum Ausbruch, was früher entschlummert und in dem Gram über Undinen ganz vergessen war: die Neigung Huldbrands für die schöne Bertalda. Der Fischer hatte vieles gegen die vorgeschlagne Heirath einzuwenden. Undine war dem alten Manne sehr lieb gewesen, und er meinte, man wisse ja noch kaum, ob die liebe Verschwundne recht eigentlich todt sei. Liege aber ihr Leichnam wirklich starr und kalt auf dem Grunde der Donau, oder treibe mit den Fluthen in's Weltmeer hinaus, so habe Bertalda an ihrem Tode mit Schuld, und nicht gezieme es ihr, an den Platz der armen Verdrängten zu treten. Aber auch den Ritter hatte der Fischer sehr lieb; die Bitten der Tochter, die um vieles sanfter und ergebner geworden war, wie auch ihre Thränen um Undinen kamen dazu, und er mußte wohl endlich seine Einwilligung gegeben haben, denn er blieb ohne Widerrede auf der Burg, und ein Eilbote ward abgesandt, den Pater Heilmann, der in frühern glücklichen Tagen Undinen und Huldbranden eingeseegnet hatte, zur zweiten Trauung des Ritters nach dem Schlosse zu holen.

Der fromme Mann aber hatte kaum den Brief des Herrn von Ringstetten durchlesen, so machte er sich in noch viel größerer Eile nach dem Schlosse auf den Weg, als der Bote von dorten zu ihm gekommen war. Wenn ihm auf dem schnellen Gange der Athem fehlte, oder die alten Glieder schmerzten vor Müdigkeit, pflegte er zu sich selber zu sagen: vielleicht ist noch Unrecht zu hindern; sinke nicht eher, als am Ziele, du verdorrter Leib! – Und mit erneuter Kraft riß er sich alsdann auf, und wallte und wallte, ohne Rast und Ruh, bis er eines Abends spät in den belaubten Hof der Burg Ringstetten eintrat.

Die Brautleute saßen Arm in Arm unter den Bäumen, der alte Fischer nachdenklich neben ihnen. Kaum nun, daß sie den Pater Heilmann erkannten, so sprangen sie auf, und drängten sich bewillkommend um ihn her. Aber er, ohne viele Worte zu machen, wollte den Bräutigam mit sich in die Burg ziehn; als indessen dieser staunte, und zögerte, den ernsten Winken zu gehorchen, sagte der fromme Geistliche: was halte ich mich denn lange dabei auf, Euch in Geheim sprechen zu wollen, Herr von Ringstetten? Was ich zu sagen habe, geht Bertalden und den Fischer eben so gut mit an, und was einer doch irgend einmal hören muß, mag er lieber gleich so bald hören, als es nur möglich ist. Seid Ihr denn so gar gewiß, Ritter Huldbrand, daß Eure erste Gattin wirklich gestorben ist? Mir kommt es kaum so vor. Ich will zwar weiter nichts darüber sprechen, welch' eine wundersame Bewandniß es mit ihr gehabt haben mag, weiß auch davon nichts gewisses. Aber ein frommes, vielgetreues Weib war sie, soviel ist außer allem Zweifel. Und seit vierzehn Nächten hat sie in Träumen an meinem Bette gestanden, ängstlich die zarten Händlein ringend, und in einem fort seufzend: ach hindr' ihn, lieber Vater! Ich lebe noch! Ach, rett' ihm den Leib! Ach rett' ihm die Seele! – Ich verstand nicht, was das Nachtgesicht haben wollte; da kam Euer Bote, und nun eilt' ich hierher, nicht zu trauen, wohl aber zu trennen, was nicht zusammengehören darf. Laß' von ihr, Huldbrand! Laß' von ihm, Bertalda! Er gehört noch einer Andern, und siehst Du nicht den Gram um die verschwundne Gattin auf seinen bleichen Wangen? So sieht kein Bräutigam aus, und der Geist sagt es mir: ob Du ihn auch nicht läßest, doch nimmer wirst Du sein froh.

Die Dreie empfanden im innersten Herzen, daß der Pater Heilmann die Wahrheit sprach, aber sie wollten es nun einmal nicht glauben. Selbst der alte Fischer war nun bereits so bethört, daß er meinte, anders könne es gar nicht kommen, als sie es in diesen Tagen ja schon oft mit einander besprochen hätten. Daher stritten sie denn Alle mit einer wilden, trüben Hast gegen des Geistlichen Warnungen, bis dieser sich endlich kopfschüttelnd und traurig aus der Burg entfernte, ohne die dargebotne Herberge auch nur für diese Nacht annehmen zu wollen, oder irgend eine der herbeigeholten Labungen zu genießen. Huldbrand aber überredete sich, der Geistliche sei ein Grillenfänger, und sandte mit Tagesanbruch nach einem Pater aus dem nächsten Kloster, der auch ohne Weigerung verhieß, die Einseegnung in wenigen Tagen zu vollziehen.

Siebenzehntes Kapitel.

DES RITTERS TRAUM.

Es war zwischen Morgendämmrung und Nacht, da lag der Ritter halb wachend, halb schlafend, auf seinem Lager. Wenn er vollends einschlummern wollte, war es, als stände ihm ein Schrecken entgegen, und scheuchte ihn zurück, weil es Gespenster gäbe im Schlaf. Dachte er aber sich alles Ernstes zu ermuntern, so wehte es um ihn her, wie mit Schwanenfittigen, und mit schmeichelndem Wogenklang, davon er allemal wieder in den zweifelhaften Zustand angenehm bethört zurücke taumelte. Endlich aber mochte er doch wohl ganz entschlafen sein, denn es kam ihm vor, als ergreife ihn das Schwanengesäusel auf ordentlichen Fittigen, und trage ihm weit fort über Land und See, und singe immer auf's anmuthigste dazu. – Schwanenklang! Schwanensang! mußte er immer fort zu sich selbst sagen; das bedeutet ja wohl den Tod? – Aber es hatte vermuthlich noch eine andre Bedeutung. Ihm ward nehmlich auf einmal, als schwebe er über dem Mittelländischen Meer. Ein Schwan sang ihm gar tönend in die Ohren, dies sei das Mittelländische Meer. Und während er in die Fluthen hinunter sah, wurden sie zu lauterm Kristalle, daß er hinein schauen konnte bis auf den Grund. Er freute sich sehr darüber, denn er konnte Undinen sehn, wie sie unter den hellen Kristallgewölben saß. Freilich weinte sie sehr, und sahe viel betrübter aus, als in den glücklichen Zeiten, die sie auf Burg Ringstetten mit einander verlebt hatten, vorzüglich zu Anfang, und auch nachher, kurz ehe sie die unseelige Donaufahrt begannen. Der Ritter mußte an alle das sehr ausführlich und innig denken, aber es schien nicht, als werde Undine seiner gewahr. Indessen war Kühleborn zu ihr getreten, und wollte sie über ihr Weinen ausschelten. Da nahm sie sich zusammen, und sah ihn vornehm und gebietend an, daß er fast davor erschrack. Wenn ich hier auch unter den Wassern wohne, sagte sie, so hab' ich doch meine Seele mit herunter gebracht. Und darum darf ich wohl weinen, wenn Du auch gar nicht errathen kannst, was solche Thränen sind. Auch die sind seelig, wie alles seelig ist, dem, in welchem treue Seele lebt. – Er schüttelte ungläubig mit dem Kopfe, und sagte nach einigem Besinnen: und doch, Nichte, seid Ihr unsere Elementar-Gesetzen unterworfen, und doch müßt Ihr ihn richtend um's Leben bringen, dafern er sich wieder verehlicht, und Euch untreu wird. – Er ist noch bis diese Stunde ein Wittwer, sagte Undine, und hat mich aus traurigem Herzen lieb. – Zugleich ist er aber auch ein Bräutigam, lachte Kühleborn höhnisch, und laßt nur erst ein paar Tage hingehn, dann ist die priesterliche Einseegnung erfolgt, und dann müßt Ihr doch zu des Zweiweibrigen Tode hinauf. – Ich kann ja nicht, lächelte Undine zurück. Ich habe ja den Brunnen versiegelt, für mich und meines Gleichen fest. – Aber wenn er von seiner Burg geht, sagte Kühleborn, oder wenn er einmal den Brunnen wieder öffnen läßt! Denn er denkt gewiß blutwenig an alle diese Dinge. – Eben deshalb, sprach Undine, und lächelte noch immer unter ihren Thränen, eben deshalb schwebt er jetzt eben im Geiste über dem Mittelmeer, und träumt zur Warnung dies unser Gespräch. Ich hab' es wohlbedächtlich so eingerichtet. – Da sah Kühleborn ingrimmig zu dem Ritter hinauf, dräuete, stampfte mit den Füssen, und schoß gleich darauf pfeilschnell unter den Wellen fort. Es war, als schwelle er vor Bosheit zu einem Walfisch auf. Die Schwäne begannen wieder zu tönen, zu fächeln, zu fliegen; dem Ritter war es, als schwebe er über Alpen und Ströme hin, schwebe endlich zur Burg Ringstetten herein, und erwache auf seinem Lager.

Wirklich erwachte er auf seinem Lager, und eben trat sein Knappe herein, und berichtete ihm, der Pater Heilmann weile noch immer hier in der Gegend; er habe ihn Gestern zu Nacht im Forste getroffen, unter einer Hütte, die er sich von Bäumästen zusammengebogen habe und mit Moos und Reisig belegt. Auf die Frage; was er denn hier mache? denn einseegnen wolle er ja doch nicht! sei die Antwort gewesen: es giebt noch andre Einseegnungen, als die am Traualtar, und ich bin nicht zur Hochzeit gekommen, so kann es ja doch zu einer ander Feier gewesen sein. Man muß Alles abwarten. Zudem ist ja Trauen und Trauern gar nicht so weit auseinander, und wer sich nicht muthwillig verblendet, sieht es wohl ein.

Der Ritter machte sich allerhand wunderliche Gedanken über diese Worte und über seinen Traum. Aber es hält sehr schwer, ein Ding zu hintertreiben, was sich der Mensch einmal als gewiß in den Kopf gesetzt hat, und so blieb denn auch Alles beim Alten.

Achtzehntes Kapitel.

WIE DER RITTER HULDBRAND HOCHZEIT HIELT.

Wenn ich Euch erzählen sollte, wie es bei der Hochzeitfeier auf Burg Ringstetten zuging, so würde Euch zu Muthe werden, als sähet Ihr eine Menge von blanken und erfreulichen Dingen aufgehäuft, aber drüber hin einen schwarzen Trauerflor gebreitet, aus dessen verdunkelnder Hülle hervor die ganze Herrlichkeit minder einer Lust gliche, als einem Spott über die Nichtigkeit aller irdischen Freuden. Es war nicht etwa, daß irgend ein gespenstisches Unwesen die festliche Geselligkeit verstört hätte, denn wir wissen ja, daß die Burg vor den Spukereien der dräuenden Wassergeister eine gefreite Stätte war. Aber es war dem Ritter und dem Fischer und allen Gästen zu Muth, als fehle noch die Hauptperson bei dem Feste, und als müsse diese Hauptperson die allgeliebte freundliche Undine sein. So oft eine Thür aufging, starrten Aller Augen unwillkürlich dahin, und wenn es dann weiter nichts war, als der Hausmeister mit neuen Schüsseln, oder der Schenk mit einem Trunk noch edlern Weines, blickte man wieder trüb vor sich hin, und die Funken, die etwa hin und her von Scherz und Freude aufgeblitzt waren, erloschen in dem Thau wehmüthigen Erinnerns. Die Braut war von Allen die Leichtsinnigste, und daher auch die Vergnügteste; aber selbst ihr kam es bisweilen wunderlich vor, daß sie in dem grünen Kranze und den goldgestickten Kleidern an der Oberstelle der Tafel sitze, während Undine als Leichnam starr und kalt auf dem Grunde der Donau liege, oder mit den Fluthen forttreibe in's Weltmeer hinaus. Denn, seit ihr Vater ähnliche Worte gesprochen hatte, klangen sie ihr immer vor den Ohren, und wollten vorzüglich Heute weder wanken noch weichen.

Die Gesellschaft verlor sich bei kaum eingebrochner Nacht; nicht aufgelöst durch des Bräutigams hoffende Ungeduld, wie sonsten Hochzeitversammlungen, sondern nur ganz trüb und schwer auseinander gedrückt, durch freudlose Schwermuth und Unheil kündende Ahnungen. Bertalda ging mit ihren Frauen, der Ritter mit seinen Dienern, sich auszukleiden: von dem scherzend fröhlichen Geleit der Jungfrauen und Junggesellen bei Braut und Bräutigam war an diesem trüben Feste die Rede nicht.

Bertalda wollte sich aufheitern; sie ließ einen prächtigen Schmuck, den Huldbrand ihr geschenkt hatte, samt reichen Gewanden und Schleiern, vor sich ausbreiten, ihren morgenden Anzug auf's Schönste und Heiterste daraus zu wählen. Ihre Dienerinnen freuten sich des Anlasses, Vieles und Fröhliches der jungen Herrin vorzusprechen, wobei sie nicht ermangelten, die Schönheit der Neuvermählten mit den lebhaftesten Worten zu preisen. Man vertiefte sich mehr und mehr in diese Betrachtungen, bis endlich Bertalda, in einen Spiegel blickend, seufzte: ach, aber seht Ihr wohl die werdenden Sommersprossen hier seitwärts am Halse? – Sie sahen hin, und fanden es freilich, wie es die schöne Herrin gesagt hatte, aber ein liebliches Mahl nannten sie's, einen kleinen Flecken, der die Weiße der zarten Haut noch erhöhe. Bertalda schüttelte den Kopf, und meinte, ein Makel bleib' es doch immer. – Und ich könnt' es los sein, seufzte sie endlich. Aber der Schloßbrunnen ist zu, aus dem ich sonst immer das köstliche, hautreinigende Wasser schöpfen ließ. Wenn ich doch Heut nur eine Flasche davon hätte! – Ist es nur das? lachte eine behende Dienerin, und schlüpfte aus dem Gemach. – Sie wird doch nicht so toll sein, fragte Bertalda wohlgefällig erstaunt, noch Heut Abend den Brunnenstein abwälzen zu lassen? – Da hörte man bereits, daß Männer über den Hof gingen, und konnte aus dem Fenster sehn, wie die gefällige Dienerinn sie grade auf den Brunnen losführte, und sie Hebebäume und andres Werkzeug auf den Schultern trugen. – Es ist freilich mein Wille, lächelte Bertalda; wenn es nur nicht zu lange währt. – Und, froh im Gefühl, daß ein Wink von ihr jetzt vermöge, was ihr vormals so schmerzhaft geweigert worden war, schaute sie auf die Arbeit in den mondhellen Burghof hinab.

Die Männer hoben mit Anstrengung an dem großen Steine; bisweilen seufzte wohl Einer dabei, sich erinnernd, daß man hier der geliebten vorigen Herrin Werk zerstöre. Aber die Arbeit ging übrigens viel leichter, als man gemeint hatte. Es war, als hülfe eine Kraft aus dem Brunnen heraus, den Stein emporbringen. – Es ist ja, sagten die Arbeiter erstaunt zueinander, als wäre das Wasser drinnen zum Springborne worden. – Und mehr und mehr hob sich der Stein, und fast ohne Beistand der Werkleute rollte er langsam mit dumpfem Schallen auf das Pflaster hin. Aber aus des Brunnens Oeffnung stieg es gleich einer weißen Wassersäule feierlich herauf; sie dachten erst, es würde mit dem Springbrunnen Ernst, bis sie gewahrten, daß die aufsteigende Gestalt ein bleiches, weißverschleiertes Weibsbild war. Das weinte bitterlich, das hob die Hände ängstlich ringend über das Haupt, und schritt mit langsam ernstem Gange nach dem Schloßgebäu. Auseinander stob das Burggesind vom Brunnen fort, bleich stand, Entsetzens starr, mit ihren Dienerinnen, die Braut am Fenster. Als die Gestalt nun dicht unter deren Kammern hinschritt, schaute sie winselnd nach ihr empor, und Bertalda meinte, unter dem Schleier, Undinens bleiche Gesichtszüge zu erkennen. Vorüber aber zog die Jammernde, schwer, gezwungen, zögernd, wie zum Hochgericht. Bertalda schrie, man solle den Ritter rufen; es wagte sich keine der Zofen aus der Stelle, und auch die Braut selber verstummte wieder, wie vor ihrem eignen Laut erbebend.

Während Jene noch immer bang am Fenster standen, wie Bildsäulen regungslos, war die seltsame Wandrerin in die Burg gelangt, die wohlbekannten Treppen hinauf, die wohlbekannten Hallen durch, immer in ihren Thränen still. Ach, wie so anders war sie einstens hier umher gewandelt! –

Der Ritter aber hatte seine Diener entlaßen. Halbausgekleidet, im betrübten Sinnen, stand er vor einem großen Spiegel; die Kerze brannte dunkel neben ihm. Da klopfte es an die Thür mit leisem, leisem Finger. Undine hatte sonst wohl so geklopft, wenn sie ihn freundlich necken wollte. – Es ist Alles nur Phantasterei! sagte er zu sich selbst. Ich muß in's Hochzeitbett. – Das mußt Du, aber in ein kaltes! hörte er eine weinende Stimme draußen vor dem Gemache sagen, und dann sah er im Spiegel, wie die Thüre aufging, langsam, langsam, und wie die weiße Wandrerin hereintrat, und sittig das Schloß wieder hinter sich zudrückte. Sie haben den Brunnen aufgemacht, sagte sie leise, und nun bin ich hier, und nun mußt Du sterben. – Er fühlte in seinem stockenden Herzen, daß es auch gar nicht anders sein könne, deckte aber die Hände über die Augen, und sagte: mache mich nicht in meiner Todesstunde durch Schrecken toll. Wenn Du ein entsetzliches Antlitz hinter dem Schleier trägst, so lüfte ihn nicht, und richte mich, ohne daß ich Dich schaue. – Ach, entgegnete die Wandrerin, willst Du mich denn nicht noch ein einziges mal sehn? Ich bin schön, wie als Du auf der Seespitze um mich warbst. – O, wenn das wäre! seufzte Huldbrand; und wenn ich sterben dürfte an einem Kusse von Dir. – Recht gern, mein Liebling, sagte sie. Und ihre Schleier schlug sie zurück, und himmlisch schön lächelte ihr holdes Antlitz daraus hervor. Bebend vor Liebe und Todesnähe neigte sich der Ritter ihr entgegen, sie küßte ihn mit einem himmlischen Kusse, aber sie ließ ihn nicht mehr los, sie drückte ihn inniger an sich, und weinte, als wolle sie ihre Seele fortweinen. Die Thränen drangen in des Ritters Augen, und wogten im lieblichen Wehe durch seine

Brust, bis ihm endlich der Athem entging, und er aus den schönen Armen als ein Leichnam sanft auf die Kissen des Ruhebettes zurücksank.

Ich habe ihn todt geweint! sagte sie zu einigen Dienern, die ihr im Vorzimmer begegneten, und schritt durch die Mitte der Erschreckten langsam nach dem Brunnen hinaus.

Neunzehntes Kapitel.

WIE DER RITTER HULDBRAND BEGRABEN WARD.

Der Pater Heilmann war auf das Schloß gekommen, sobald des Herrn von Ringstetten Tod in der Gegend kund geworden war, und just zur selben Stunde erschien er, wo der Mönch, welcher die unglücklichen Vermählten getraut hatte, von Schreck und Grausen überwältiget, aus den Thoren floh. – Es ist schon recht, entgegnete Heilmann, als man ihm dieses ansagte: und nun geht mein Amt an, und ich brauche keines Gefährten. – Darauf begann er die Braut, welche zur Wittwe worden war, zu trösten, so wenig Frucht es auch in ihrem weltlichlebhaften Gemüthe trug. Der alte Fischer hingegen fand sich, obzwar von Herzen betrübt, weit besser in das Geschick, welches Tochter und Schwiegersohn betroffen hatte, und während Bertalda nicht ablassen konnte, Undinen Mörderin zu schelten und Zauberin, sagte der alte Mann gelassen: es konnte nun einmal nichts anders sein. Ich sehe nichts darin, als die Gerichte Gottes, und es ist wohl Niemanden Huldbrands Tod mehr zu Herzen gegangen, als der, die ihn verhängen mußte, der armen! verlassnen Undine! – Dabei half er die Begräbnißfeier anordnen, wie es dem Range des Todten geziemte. Dieser sollte in einem Kirchdorfe begraben werden, auf dessen Gottesacker alle Gräber seiner Ahnherrn standen, und welches sie, wie er selbst, mit reichlichen Freiheiten und Gaben geehrt hatten. Schild und Helm lagen bereits auf dem Sarge, um mit in die Gruft versenkt zu werden, denn Herr Huldbrand von Ringstetten war als der letzte seines Stammes verstorben; die Trauerleute begannen ihren schmerzvollen Zug, Klagelieder in das heiter stille Himmelblau hinaufsingend, Heilmann schritt mit einem hohen Crucifix voran, und die trostlose Bertalda folgte, auf ihren alten Vater gestützt. – Da nahm man plötzlich in Mitten der schwarzen Klagefrauen in der Wittib Gefolge eine schneeweisse Gestalt wahr, tiefverschleiert, und die ihre Hände inbrünstig jammernd empor wand. Die, neben welchen sie ging, kam ein heimliches Grauen an, sie wichen zurück oder seitwärts, durch ihre Bewegung, die Andern, neben die nun die weisse Fremde zu gehen kam, noch sorglicher erschreckend, so daß schier darob eine Unordnung unter dem Trauergefolge zu entstehen begann. Es waren einige Kriegsleute so dreist, die Gestalt anreden, und aus dem Zuge fortweisen zu wollen, aber denen war sie wie unter den Händen fort, und ward dennoch gleich wieder mit langsam feierlichem Schritte unter dem Leichengefolge mitziehend gesehn. Zuletzt kam sie während des beständigen Ausweichens der Dienerinnen bis dicht hinter Bertalda. Nun hielt sie sich höchst langsam in ihrem Gange, so daß die Wittib ihrer nicht gewahr ward, und sie sehr demüthig und sittig hinter dieser ungestört fortwandelte.

Das währte, bis man auf den Kirchhof kam, und der Leichenzug einen Kreis um die offne Grabstätte schloß. Da sah Bertalda die ungebetene Begleiterin, und halb in Zorn, halb in Schreck auffahrend, gebot sie ihr, von der Ruhestätte des Ritters zu weichen. Die Verschleierte aber schüttelte sanft verneinend ihr Haupt, und hob die Hände, wie zu einer demüthigen Bitte gegen Bertalda auf, davon diese sich sehr bewegt fand, und mit Thränen daran denken mußte, wie ihr Undine auf der Donau das Korallenhalsband so freundlich hatte schenken wollen. Zudem winkte Pater Heilmann, und gebot Stille, da man über dem Leichnam, dessen Hügel sich eben zu häufen begann, in stiller Andacht beten wolle. Bertalda schwieg und kniete, und Alles kniete, und die Todtengräber auch, als sie fertig geschaufelt hatten. Da man sich aber wieder erhob, war die weisse Fremde verschwunden; an der Stelle, wo sie geknieet hatte, quoll ein silberhelles Brünlein aus dem Rasen, das rieselte und rieselte fort, bis es den Grabhügel des Ritters fast ganz umzogen hatte; dann rannte es fürder, und ergoß sich in einen stillen Weiher, der zur Seite des Gottesackers lag. Noch in späten Zeiten sollen die Bewohner des Dorfes die Quelle gezeigt, und fest die Meinung gehegt haben, dies sei die arme, verstossene Undine, die auf diese Art noch immer mit freundlichen Armen ihren Liebling umfasse.

EDITORISCHE NOTIZ

Der im Anhang abgedruckte Text von Friedrich de la Motte Fouqué folgt der Erstausgabe in:

DIE JAHRESZEITEN. EINE VIERTELJAHRSSCHRIFT
FÜR ROMANTISCHE DICHTUNGEN,
Frühlings-Heft, Jg. 1811, Seite 1 – 189 (Berlin: Hitzig, 1811)

Lediglich die Zeichensetzung wurde in einigen wenigen Fällen (vor allem Kommata zwischen Adjektiv und Substantiv) um des besseren Verständnisses willen dem heutigen Gebrauch angepasst.

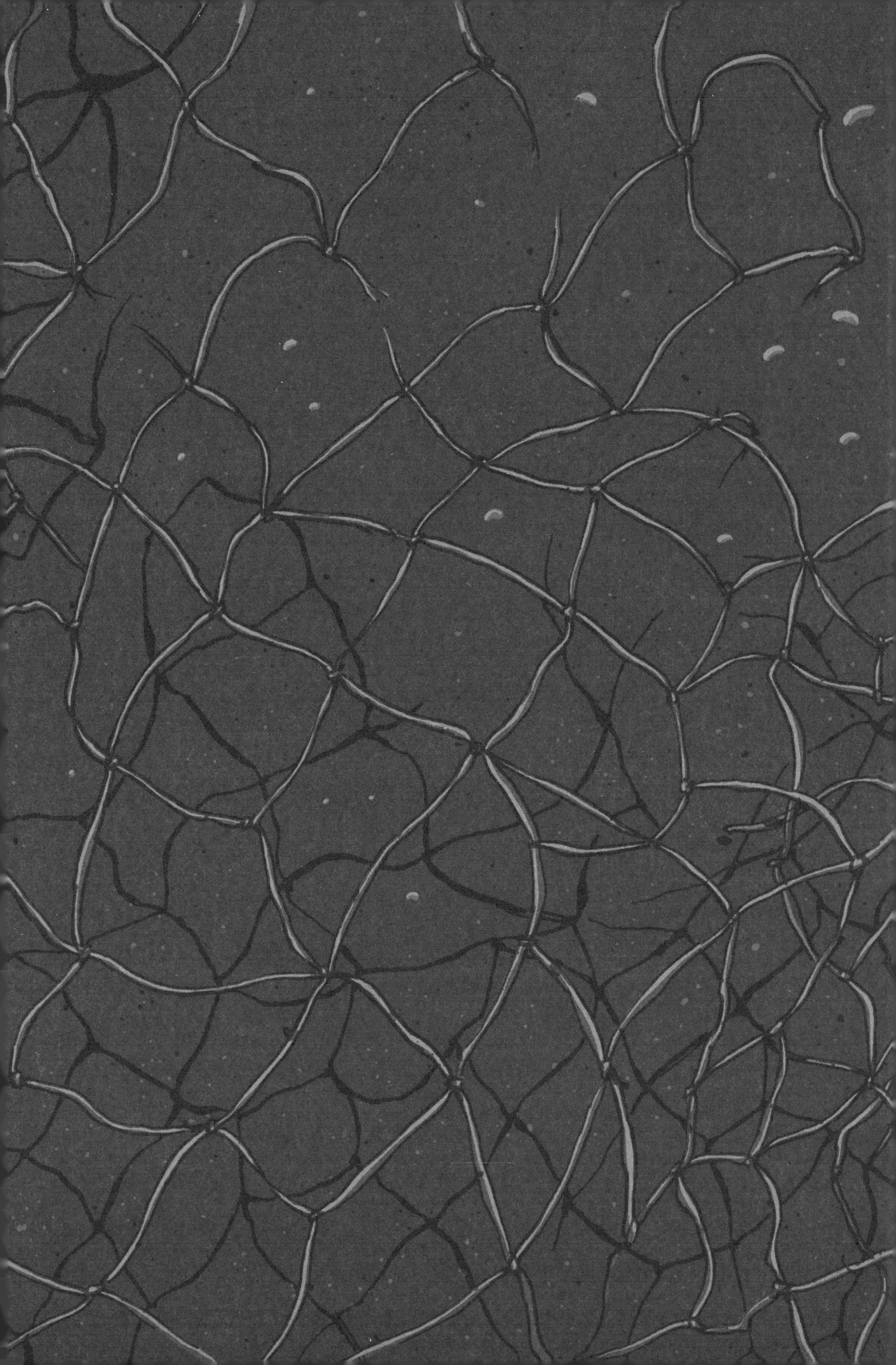